dtv

August 1924: der alternde Schriftsteller H. kehrt an einen Ort seiner Kindheit zurück – Fusch, ein Kurbad in den Salzburger Bergen. Inzwischen hat sich vieles verändert: Freunde sind ihm abhanden gekommen, sein Ruhm liegt Jahre zurück, sein Schaffen ist bedroht von einer labilen Gesundheit. Auch in Fusch hat die neue Zeit Einzug gehalten, an der er nur mehr als Beobachter teilnimmt.

Bei einem Spaziergang wird H. ohnmächtig. Als er wieder zu sich kommt, lernt er den jungen Doktor Krakauer kennen, den Privatarzt einer Baronin. Auch er ist ein Rückkehrer in einer Welt, die er nicht wiedererkennt. H. sucht seine Freundschaft, doch da ist die Baronin – und da ist die Einsamkeit, der er nicht entkommt.

Walter Kappacher erzählt von der Tragödie eines Lebens, das die Zeit überholt hat: mit fesselnder Intensität und luzidem Einfühlungsvermögen, so souverän wie virtuos.

Walter Kappacher wurde 1938 in Salzburg geboren. Seit 1978 freier Schriftsteller. Lebt in Obertrum bei Salzburg. Zahlreiche Auszeichnungen, u. a. Hermann-Lenz-Preis 2004, Großer Kunstpreis des Landes Salzburg 2006; Mitglied der Deutschen Akademie für Sprache und Dichtung und der Bayerischen Akademie der Schönen Künste. Für sein Werk wurde er 2009 mit dem Georg-Büchner-Preis ausgezeichnet.

Walter Kappacher

Der Fliegenpalast

Deutscher Taschenbuch Verlag

Von Walter Kappacher
sind im Deutschen Taschenbuch Verlag erschienen:
Selina oder Das andere Leben (13872)
Silberpfeile (13873)
Morgen (13891)

**Ausführliche Informationen über
unsere Autoren und Bücher
finden Sie auf unserer Website
www.dtv.de**

2010
Deutscher Taschenbuch Verlag GmbH & Co. KG, München
© 2009 Residenz Verlag im Niederösterreichischen Pressehaus
Druck- und Verlagsgesellschaft mbH, St. Pölten – Salzburg
Umschlagkonzept: Balk & Brumshagen
Umschlaggestaltung: Lisa Helm unter Verwendung
eines Fotos von plainpicture/Johner
Druck und Bindung: Druckerei C. H. Beck, Nördlingen
Gedruckt auf säurefreiem, chlorfrei gebleichtem Papier
Printed in Germany · ISBN 978–3-423-13891-8

Ich zeig dir die Angst in einer Handvoll Sand.
  T. S. Eliot

Meinen Freunden gewidmet

AN EINEM der ersten Tage hatte er überlegt, ob er womöglich zu alt geworden war, für diesen Ort, mit dem ihn seit Kindertagen zwiespältige Gefühle verbanden. Hatte die Erinnerung an die glücklichen Tage und Wochen hier, vor so vielen Jahren, ihm einen furchtbaren Streich gespielt?

Was sich in Bad Fusch jetzt *Grandhotel* nannte, war in Wirklichkeit ein Hotel dritter Klasse, oder ein besserer Gasthof. Damals freilich, in den neunziger Jahren, noch um die Jahrhundertwende, war seine Familie, waren selbst verwöhntere Gäste in den Sommerfrischen der Monarchie nicht so anspruchsvoll gewesen wie heutzutage. Oft logierte man in den Schlafzimmern von Bauersleuten, welche den Sommer über auf den Dachböden schliefen.

Jetzt habe ich hier den halbvollen Nachttopf unterm Bett, kam ihm in den Sinn, und es gibt keine Klingel, schon gar kein Telefon, um die Vroni oder die Kreszenz zu rufen. Warum bin ich nicht in Lenzerheide geblieben, bei dem guten Carl? Das Zimmer war in Ordnung gewesen, das Essen erstklassig. Schweizerisch eben: dort hatte nicht der unselige Krieg alles ruiniert. Anders, als er sich in Lenzerheide vorgestellt hatte, konnte er jedoch in der Fusch ebenso wenig arbeiten wie in der Schweiz. Es war ihm hier bis jetzt nicht möglich gewesen, aus der Ungestörtheit für seine Arbeit Nutzen zu ziehen.

Das Beste hier in der Fusch war ja im Gegenteil tatsächlich die Bekanntschaft mit dem Doktor Krakauer, und er hoffte sehr, daß sie jetzt nicht abriß – es wäre eine zu arge Strafe für seinen Fauxpas. Seit drei Tagen war Krakauer nun wie vom Erdboden verschluckt – andererseits war er selber zuletzt die meiste Zeit in seinem Zimmer an dem Tischchen am Fenster gesessen und hatte es nicht glauben können, daß seine Phantasie, sein Assoziationsvermögen ihn wieder einmal völlig im Stich ließen.

Tatsächlich, überlegte er, verdanke ich es meinem Kreislaufkollaps, daß ich Krakauer begegnet bin – dem wunderbaren Zufall, daß er gerade vorbeikam!

UNVERGESSEN DER Blick in das feine Geäst, die strahlende Krone der... Buche wahrscheinlich... Äderchen, die Linien des Lebens... oder Ahorn? Wie die Blätter leuchteten, manche golden, die meisten grün. Was ist mir in dem Moment alles durch den Kopf gewischt? Fünf Tage ist das nun her – oder vier?

»Mir scheint, Sie könnten sich aufsetzen, wollen Sie es versuchen? Wenn Sie erlauben, helfe ich Ihnen.«

Ein junger Mann, graugrünes Lodenjackett, hielt meine Hand … zählte offenbar die Pulsschläge. Mit der anderen legte er einen Hut, meinen Hut mir in den Schoß. Vor ein paar Jahren lag ich schon einmal so … vor einer Gartentür. In Altaussee, vor der Villa der Baronin … Lhotsky.

»Ist Ihnen schwindlig?«

Der Stock, den der junge Herr hielt, war meiner. Was war geschehen?

»Atmen«, sagte er, »ruhig atmen.«

Ein älteres Paar in Trachtenkleidung, das neben dem Mann gestanden war, entfernte sich jetzt.

Gesehen hatte er sein Gesicht schon einmal. War es am Vortag gewesen? Wenn er sich richtig erinnerte, in Begleitung … einer älteren Dame, vielleicht seiner Mutter, mit einem weit ausladenden Hut. Aus einiger Entfernung war das Motorengeräusch eines Postautobusses zu hören, der sich hochtourig die Bergstraße heraufquälte.

»Ihr Puls … Gestatten Sie.«

Der junge Mann senkte seine Stimme.

»Herr von Hofmannsthal, nicht? Mein Name ist Krakauer, ich bin Arzt. Also Ihr Puls scheint sich normalisiert zu haben. Ich sah, wie Sie nach dem Zauntritt dort vorne umgekippt sind. Wir haben Sie zu der Bank hierher gebracht. Die Herrschaften haben geholfen … In meinem Hotelzimmer hätte ich ein Blutdruck-Meßgerät … Es ist ja kein Wunder! Man konnte auf dem Höhenweg den Föhnsturz förmlich beobachten. In der Früh war das nicht zu erkennen. Bleiben Sie noch einen Moment sitzen. Klopfen Sie, wenn ich helfen kann, im Hotel *Post* einfach an meine Tür, Zimmer zweiundzwanzig.

Meinen Sie, Sie schaffen es allein bis in den Ort? Es ist ja nicht mehr weit. Lassen Sie sich Zeit, bleiben Sie noch eine Weile sitzen, Herr von Hofmannsthal. Die Baronin ist vorausgegangen, wir wollen uns umziehen und Tee trinken.

Sie verehrt Sie übrigens. Sie beide haben auch eine gemeinsame Bekannte – die Fürstin Marie von Thurn und Taxis.«

Warum war er in diesem Moment beinah zusammengezuckt? Die Verbindung der Fürstin mit Rilke, von der jedermann wußte?

»Gestern haben wir Sie beim Magenbrünnl gesehen, die Baronin hat Sie sogleich erkannt.«

War das am Montag gewesen? Abends jedenfalls hatte er mit Appetit gegessen.

EIN AUTOMOBIL, der Motor auf hoher Drehzahl laufend, der Auspuff qualmend, näherte sich im Schrittempo dem Vorplatz des Hotels. H. hielt auf der Eingangstreppe einen Moment inne, schaute auf den mächtigen Wagen, den Chauffeur mit der

Kapitänsmütze; das Verdeck des Wagens war zurückgeschoben.

Er wich aus, machte Platz für zwei Herrschaften in langen Mänteln, Lederhauben auf dem Kopf, welche das Hotel verließen. Zum Carl hatte er unlängst gesagt: »In dieser Autofahrermontur, schon gar mit aufgesetzten Brillen, würde ich ja meine besten Freunde nicht erkennen.«

Als er endlich das Foyer des Hotels betreten wollte, mußte er noch einmal Platz machen, für den Lohndiener Leo, der zwei Koffer trug, zwei weitere, kleinere, unter die Arme geklemmt hatte und »Guten Morgen, Herr von Hof...« rief, ja beinahe krähte. Rechtzeitig erinnerte sich der Gute, worum H. ihn vor anderthalb Stunden zum zweiten Mal gebeten hatte, als sie einander draußen auf der durch den Ort führenden Straße begegnet waren. Mit einer Sichel hatte der Leo Unkraut an der Mauer des Wintergartens entfernt und hatte laut... – der konnte halt nicht anders; und vielleicht hatte er nur vergessen, daß sie sich heute schon einmal begegnet waren. Aber was für ein Charakterkopf! Undenkbar, daß dieser Mensch sich verstellen könnte. Bloß daß sein Falsett nicht zu diesem klobigen Schädel paßte. H. erinnerte sich, wie freundlich sein Vater sich Bedienten gegenüber stets verhalten hatte, und wie er, der Sohn, dies hier in den Bergen übertrieben gefunden und dann später doch übernommen hatte. Er hatte bemerkt, wie auf der anderen Seite der Straße ein kleines Mädchen in Lumpenklei-

dung, einen Finger in der Nase, sie beide beobach-
tete; offensichtlich das Kind irgendeiner Zimmer-
frau oder Köchin. Es stand vor dem Eingang des
neuen Hotels, dessen Namen er schon wieder vergessen hatte.

Während er auf die Rezeption zuging, fiel ihm
ein, daß die Post frühestens gegen Mittag eintreffen
würde. Einige Kurgäste schienen abzureisen. Bei der
Sitzgarnitur in der Halle stand ein großer Strohkof-
fer, auf dem zwei Regenschirme lagen.

Wie alt mochte der Leo sein? Als H. mit dem
Postautobus in Bad Fusch angekommen war – zum
ersten Mal nicht mit einem Ochsengespann oder
mit der Postkutsche –, hatte es ihn beeindruckt, ja
berührt, als das mürrische Gesicht vom Leo, der die
beiden großen Koffer von der Poststation ins Haus
schleppte, plötzlich unmäßig zu strahlen begann,
nachdem er ihn vor dem Hotel wiedererkannt hatte.
H. hatte darauf bestanden, die Reisetasche selber zu
tragen.

»Jö, gibt's denn dös, der Herr Doktor.«

Gott sei Dank hatte der Leo sich in diesem
Moment nicht an den Namen erinnern können.
Wahrscheinlich, überlegte er, hat es mich deshalb so
beeindruckt, weil der Hausdiener mich ja nicht als
einen berühmten Schriftsteller kennt, sondern nur
als einen langjährigen Sommergast, von Jugendjahren an. Allerdings lag sein letzter Aufenthalt hier
viele Jahre zurück. Während er die Stufen zu seinem Zimmer hinaufstieg, überlegte er: Jener Som-

mer, als der Papa nach dem Tod der Mama durchaus nicht zu bewegen gewesen war, Wien zu verlassen? Nein … neunzehnhundertacht war er zuletzt in der Fusch gewesen, in jenem verregneten Juli, die Berggipfel schneebedeckt, als er hier, von Frau und Kindern getrennt, zurückgezogen am *Florindo* gearbeitet hatte.

Wie alt mochte der Leo jetzt sein? Jedenfalls hatte er sich sehr geplagt, als er die Koffer zu dem Zimmer in den dritten Stock hinaufgeschleppt hatte. Dabei hatte er ihn sehr an die ungelenken Bauern- und Holzfällerfiguren von Alfons Walde und Albin Egger-Lienz erinnert.

JETZT HÄTTE er Lust gehabt, in den Briefen des Alexander von Villers über Bad Fusch nachzulesen, über Sankt Wolfgang, wie der Ort damals geheißen hatte. Aber der erste Band der Ausgabe, welchen er auf die Reise mitgenommen hatte, war bei Carl geblieben, der dem Reiz dieser Briefe sofort verfallen war. Der Villers, fiel ihm ein, hatte ja über Fusch eher gelästert, seine Sommer lieber in Ferleiten verbracht, im Gasthof *Lukashansl*, und war anscheinend einmal im Jahr oder vielleicht auch öfter nach Fusch heraufgewandert, um den Kurbetrieb für ein paar Stunden zu erleben und sich dann in Ferleiten umso wohler zu fühlen. Auch er selbst hatte in Ferleiten vor fünf Jahren eine gute Zeit gehabt. Warum hatte er nicht an Ferleiten gedacht, als er es in der Schweiz nicht mehr aushielt, als er überlegt hatte, wo er in der ersten Augusthälfte würde bleiben können, ehe er dann mit dem Schreiben in Altaussee bei der Familie fortfahren würde?

Neunzehnhundertneunzehn, als er so krank gewesen war, als halb Wien an der Grippe gelitten hatte, hatte er sich nach Ferleiten am Fuße des Großglockners zurückgezogen, war als der einzige Gast mit den Wirtsleuten in der Küche gesessen, drei Wochen lang. Ob er sich eine Wanderung auf dem Fürstenweg nach Ferleiten zutrauen konnte? Eine Strecke höchstens, bis zu dem Steilstück mit den Felsenstufen. Unmöglich würde Ferleiten sich in den letzten Jahren so verändert haben wie Bad Fusch. Nur schwer konnte er sich zurückhalten, seiner Frau zu schreiben, ihr zu berichten, wie sehr sich Bad Fusch verändert hatte, so daß er sich beim ersten Spaziergang kaum zurechtgefunden hatte zwischen all den neu errichteten Gebäuden und Hütten. Beinah hatte er danach in seinem Zimmer vor Enttäuschung zu weinen begonnen, schrieb es dann der Erschöpfung nach der anstrengenden Reise zu. Nein, die Gerty würde sich bloß Sorgen machen um ihn, würde womöglich die Christiane herschicken, um nach ihm zu sehen. Die Gerty war ja selig, in Aussee endlich einmal alle ihre Kinder um sich zu haben, die beiden Buben vor allem, die sich ohnehin in Kürze wieder in alle Welt davonmachen würden.

Ich will mich an all die Veränderungen gewöhnen, nahm er sich vor. Die etwas breiter gewordene und, wie ihm schien, noch staubigere Dorfstraße zog sich in der Form eines S durch den winzigen Ort, der jetzt bloß dichter, Haus an Haus beinah, verbaut war, Hotels, Kurhaus, Dependancen, Postamt, das kleine Geschäft; am Ortsausgang sogar eine kaisergelbfarbene Villa. Mitten im Ort, bergseitig, etwas erhöht auf einem Plateau, unverändert die kleine Kirche, hinter der ein etwas verbreiterter Pfad hinaufführte zum Schwimmteich und zur Fürstenquelle. Der früher dicht bewaldete Hang hinter dem *Grandhotel* war jetzt im unteren Bereich völlig kahl. Der steile Waldweg im Norden lag offen da; das Wandern zum Kreuzköpfl hinauf war, der Sonne dermaßen ausgesetzt, sicherlich beschwerlich.

MEIN GUTES *Engerl, der Portier hat mir gerade den dicken Packen mit all der Post überreicht, den Du mir nachgeschickt hast. Ich sitz im Lesesaal mit ein paar Zeitungen und warte, bis ich mich in den Speisesaal begeben kann. Dein Telegramm haben sie gestern beim Abendessen auf meinen Platz gelegt... Ich hab mich riesig gefreut, daß Ihr wohl und vergnügt seid. Wenn es* sogar hier heroben so heiß ist wie heute und die Bremsen stechen und die Leute rund um den Schwimmteich liegen, so denk ich an Euch, daß Ihr in Altaussee auch am Strand liegt und schwimmt...

In Lenzerheide war's sehr schön, der gute Carl rührend um mich besorgt – wie ein Irrenwärter, kam mir einmal in den Sinn... Meine Karten von dort wirst Du inzwischen bekommen haben. Verzeih, daß ich zu einem Brief nicht fähig war. In ganz Graubünden ist im Juli jede Dachkammer seit Monaten vorausbestellt. Dort möchte man Wirt sein! Die Saison dauert acht Wochen, dann haben sie genug verdient und reisen nach Paris oder nach Cannes. Sie haben mir als Schreibzimmer noch eine Dachkammer ausgeräumt, einen Tisch und einen großen Fauteuil hineingestellt und einen hübschen Teppich aus ihrer eigenen Wohnung gebracht. Immerfort fragten sie, ob das Essen mir zusagt – kurz, solche Wirtsleute gibt's bei uns nicht. Das Stubenmädchen ist sehr hübsch und hat gute Manieren. Und im Gang draußen gibt's ein Bügelkammerl, da hat eine Glätterin alle Staubflecken aus meinem grauen Anzug herausgeputzt.

Seltsam, daß ich mit Dir nie in die Fusch heraufgekommen bin. Wahrscheinlich wollte ich es – in Erinnerung an meine eigenen Kindertage hier heroben – den Kindern nicht antun. Auch hätte Dir der gewohnte Komfort gefehlt.

Mit welcher Freude denke ich immer wieder an unsere schöne Italienreise im Mai, besonders an Syrakus. Ich hab Dir nicht gesagt, was ich mir beim Arethusa-

Brunnen vorgestellt hab: Mir jetzt hier ein Zimmer
mieten und den ganzen Sommer bleiben und am Timon
arbeiten. Du hättest mir halt meine Mappen und alles,
was ich sonst brauch, hinschicken müssen…

Wie der Isepp bei dem Tempel von Segesta gesagt
hat: Findet ihr nicht auch, daß er aus der Entfernung,
wie wir herauf gewandert sind, schöner ausgesehen hat?
Graziös. Und jetzt diese massigen, monumentalen Säu-
len… Wie er uns erinnert hat an das zierliche Modell
des ionischen Tempels im Museum in Palermo…

Ja, die Nähe, hatte er in Segesta gedacht. Und:
Welcher Gott sollte denn hier wesen? Es ist doch
alles über unserem Vorstellungsvermögen, jedenfalls
über jedes Menschenmaß hinaus, und hatte sich
umgesehen, wo die Gerty blieb…

Heute aber hab ich daran gedacht, den Aufenthalt
hier in der Fusch demnächst abzubrechen und zu Euch
nach Aussee zu kommen. Ein Telegramm hab ich über-
legt dir zu schicken, ob die Zimmer in unserem Häusl
noch alle belegt sind…

Nein, dachte er, das kann ich ihr nicht antun.
Endlich einmal sind alle drei Kinder beisammen;
der Raimund fährt ohnehin in zehn Tagen nach
Berlin. Solang muß ich halt jetzt aushalten hier.
Ein, zwei Tage, damit er die Buben noch sah, würde
er auf dem Sofa in seinem Arbeitszimmer in der
Hütte schlafen…

Obwohl der Carl geraten hatte abzuwarten, es
brauche halt seine Zeit, bis der Organismus sich an
die Seehöhe von Lenzerheide gewöhnt habe, hatte

er schließlich ein Telegramm ans *Grandhotel* in Bad Fusch geschickt.

Halb neun, er schaltete die Tischlampe ein. Ich muß, fiel ihm ein, der Gerty schreiben, daß sie auch hier in den Hotels das elektrische Licht eingeleitet haben. Daß das schmiedeeiserne Gitter in der Kirche meistens verschlossen ist, weil im letzten Jahr eine barocke Marienstatue gestohlen wurde. Und daß die Spazierwege von früher teilweise von Gras oder Gesträuch überwuchert sind. Dafür haben sie den Weg zum Schwimmteich verbreitert, und jenen zur Adolphinenquelle.

Er zog das Brillenetui aus der Rocktasche und öffnete die Schreibmappe. Etwas mußte er ja doch getan haben in Lenzerheide, überlegte er, als er das Tintenglas gegen die Lampe hielt. Er musste es schräg halten, damit seine Feder Tinte aufnehmen konnte. Er hatte vor der Abreise in seinem Wiener Papiergeschäft keine Pelikan-Tinte bekommen können. Die Bleistifte... Er hatte sich dort schon öfter beschwert, daß die Qualität der Bleistifte seit dem Krieg nicht mehr die gleiche war; manchmal sei das Geschriebene nach ein paar Monaten beinah unleserlich.

MIT DEM Taschentuch fuhr er über die Lehne der hinfälligen Bank. Zwischen den Brettern Spinnweben, er wischte mit dem Tuch über die Sitzbretter, ehe er die Schreibmappe ablegte. Ihm war in den ersten Tagen schon aufgefallen, daß die Kurgäste nicht mehr auf den Bänken entlang der Spazierwege saßen, sondern sich auf den Terrassen des *Grandhotels,* der *Post* oder des *Berghofes* bewirten ließen; es waren auch weniger Bänke im Bereich des Ortes aufgestellt. Als er sich hinsetzte, wurde ihm bewußt, daß er auf dieser Bank schon in seinen Kinder- und Jugendjahren gesessen war, ja manchmal auch darauf gelegen, mit einem Buch als Kopfstütze. Früher hatten die Eltern immer geklagt, daß beim Spazierengehen am Nachmittag nie eine freie Bank zu finden sei, überall säßen die Kurgäste und tratschten. Erst später, mit achtzehn Jahren, hatte er in der Fusch manchmal Anschluß an Gleichaltrige gefunden, lustige Wiener Mädel oder den jungen amerikanischen Maler Richard, mit dem er Florett gefochten hatte. Es war jener Juli mit dem Kälteeinbruch gewesen, und sie hatten sich mit dem täglichen Fechten oder manchmal beim Kegeln auf der Bahn am Schwimmteich erwärmt.

Die Wege hatte man teilweise verbreitert – vor allem jene, die zu den diversen Heilbrunnen führten –, einige jedoch waren von Gras überwachsen, beinah unsichtbar geworden. Der kleine Ort, in dem es früher bloß die beiden Hotels und das Telegraphenbüro gegeben hatte und ein paar hüttenartige Dependancen, hatte sich ausgebreitet, aber seine drei oder vier Lieblingsbänke standen immer noch. Die Bank hinter dem Hotel, wo ein Wanderweg steil den Hang hinaufführte, war allerdings nach hinten eingesunken; wenn er sich setzte, konnte er sich nur mit Mühe wieder herausstemmen.

Während der Bahnfahrt neulich von Buchs, wohin der Carl ihn gebracht hatte, nach Zell am See hatte er nachgedacht, wann er zum letzten Mal die Wandertour von Bad Fusch nach Ferleiten unternommen hatte.

Er schlug das mitgebrachte Buch auf, eine Auswahl von Henry James' Erzählungen, die sein Sohn Raimund von irgendwoher mitgebracht, aber wohl nicht gelesen hatte. Auf dem Vorsatzblatt ein mit lila Tinte geschriebener Besitzervermerk, Peter Slater. Er hatte das Buch mit ein paar anderen Büchern in die Schweiz mitgenommen, weil es sich bei dem Autor um den Bruder des Psychologen William James handelte, dessen Werke er seit langem schätzte. Mitten in dem Band, zwischen zwei Seiten, klebte ein zerdrücktes Insekt. Nach dem Frühstück hatte er sich aufs Bett gelegt und die Erzählung *The Lesson of the Master* zu lesen begonnen: *He had been informed that the ladies were at church* ... Es hatte ihm wohlgetan, an der sicheren Hand des Autors in die Geschichte hineingezogen zu werden. Aber er sollte sich jetzt mit etwas anderem beschäftigen.

Wahrscheinlich war es verrückt, wieder hierher zu kommen; ein Fehler womöglich schon, nach Graubünden gereist zu sein, die Zeit dort mit dem Freund... Wohin? Wohin denn? Der Gedanke, der Sommer und der Herbst, die einzige Zeit, in der er anhaltend arbeiten konnte, verflögen ergebnislos wegen einer verfehlten Ortswahl, durch lang anhaltende atmosphärische Störungen, verstimmte ihn heftig. Er war gereizt gewesen in dem schönen Schweizer Bergdorf. Sogar den guten Carl, der ihm einer der Vertrautesten geworden war und mit dem er sich ja unbedingt in diesem Sommer hatte treffen wollen, Carl, der nach langem Überlegen Lenzerheide vorgeschlagen hatte, sogar Carl hatte er dieses Mal zeitweilig nicht ausgehalten. Am liebsten war er in seinem Hotelzimmer gesessen, vor seinen Manuskripten oder in Eckermanns *Gespräche mit Goethe* lesend, was auf ihn von jeher anregend gewirkt hatte. War er mit dem *Timon* nicht weitergekommen, so hatte er die Mappe mit dem *Turm* aufgeschlagen, den fünften Akt, und dann wieder den *Timon*. Die Gespräche mit Carl, dem er einiges aus dem ersten Akt vorgelesen hatte, waren diesmal wenig hilfreich gewesen.

Andererseits ging ihm, seit er Carl vor Wochen ausführlich davon erzählt hatte, der *Andreas*-Roman nicht aus dem Kopf. Walther Brecht hatte ihn auf den *Ardinghello* von Heinse aufmerksam gemacht, ihm auch seine Heinse-Studie geschickt. Wenn er in Lenzerheide nichts hatte tun können, wenn seine Phantasie blockiert war, hatte er für das *Andreas*-Projekt Notizen auf ein Blatt geschrieben. Es war ihm schon vor langer Zeit bewußt geworden, daß der italienische Teil des Romans auf eine Weise ausuferte, die das Ganze möglicherweise ruinierte; trotzdem füllte er weiter Blatt um Blatt mit Exzerpten und Notizen. Vielleicht sollte er Ernst machen mit seiner Idee, im Spätherbst nach Syrakus zu gehen und dort am Roman zu arbeiten. Syrakus war für ihn der Höhepunkt ihrer Sizilienreise im Frühjahr gewesen, ein wunderbares Geburtstagsgeschenk, das er sich selber gemacht hatte. Oft deprimierte ihn der Gedanke, ja beinah die Einsicht, daß alle drei großen Arbeiten Fragment bleiben könnten, beide Theaterstücke, der Roman.

Also, wo waren wir? Er nahm die beiden obersten Blätter aus der Mappe. Das Exposé für den *Timon*. Es war ein Vorschlag Carls gewesen, alles Bisherige einmal knapp zusammenzufassen. Carl hatte es dann anhand ihrer Gespräche über das Stück in seiner feinen Handschrift notiert. Wenn er sie länger anschaute, wurde ihm beinah ein wenig schwindlig. Das war am Tag vor dem Ausflug ins Oberengadin gewesen, währenddessen plötzliche Herzbeschwerden ein Umkehren erzwungen hatten, was Carl furchtbar erschreckt hatte.

Ich bräuchte, dachte er, jemanden wie den Grafen Harry Kessler, einen überlegenen Geist; mit ihm ein paar Tage in Klausur, wie damals beim *Rosenkavalier*, das würde mein lahmes Assoziieren vielleicht beleben. Wie sehr hatte er sich unlängst gefreut über den Brief von Kessler, nach langjährigem Schweigen. Meine Nerven, dachte er, meine Neurasthenie haben sein stürmisches Temperament und seine Eitelkeiten schließlich einfach nicht mehr ausgehalten. Dabei war Kessler ja außerdem ein eminent politischer Kopf, den der Stoff dieser politischen Komödie sicherlich angeregt hätte.

Am *Timon* hatte er in Lenzerheide außer Notizen nichts geschrieben. Wenigstens hatte er das umfangreiche Buch von Pöhlmann, *Sozialismus im Altertum*, gelesen, Carls Exemplar, und Carl hatte ihn aufgefordert, ungeniert mit dem Bleistift herumzustreichen und Anmerkungen zu machen.

Er hatte wohl in der Früh vergessen, seine Taschenuhr aufzuziehen: Sie zeigte 14 Uhr 37, dabei mußte der Nachmittag weit fortgeschritten sein. Und er dachte an seine Familie, die nun schon bald einen Monat das Häusl in Altaussee bewohnte. In Kürze jedenfalls würde auch er sich an dem vertrauten Ambiente Aussees erfreuen, wenn das Wetter es zuließ, bis in den November hinein. In seiner Ausseer Kammer hatte er immer am besten arbeiten können.

IM FOYER, auf dem Weg zum Schalter des Portiers, begegnete ihm der dicke Priester, den er am Vorabend zum ersten Mal allein an einem Tisch im Speisesaal hatte sitzen sehen. Er erwiderte dessen freundliches Kopfnicken. Dabei fiel ihm ein, daß er endlich Professor Pauker, dem Chorherrn von Klosterneuburg, antworten mußte – wenn es auch bloß eine Ansichtskarte war, die dieser ihm aus seinem Sommerdomizil Sankt Gilgen geschickt hatte. Pauker sollte nicht denken, er habe ihn vergessen – nachdem er sich so dafür eingesetzt hatte, daß *Das Salzburger große Welttheater* trotz andauernder Angriffe einer antijüdischen Hetzjournaille endlich in der Salzburger Kollegienkirche hatte aufgeführt werden können. Anfangs war er etwas enttäuscht gewesen, daß Pauker nicht direkt seinen Einfluß bei der Erzdiözese geltend gemacht hatte; Paukers Artikel in der *Reichspost* hatte jedenfalls gewirkt, der Erzbischof und das Domkapitel hatten nachgegeben.

»Ihre Post wäre da, Herr Doktor…«, sagte der Portier übertrieben diskret, kein Mensch befand sich in der Nähe. »Wollen Sie sie jetzt gleich mitnehmen?« Und er beugte sich hinter der Theke hinunter, legte einen dicken Packen vor ihn hin.

Hoffentlich war der Marcel Schwob dabei; er hatte seine Frau gebeten, sie möge ihm den Band aus der Bibliothek der Oppenheimer in Altaussee schicken. Diese skurrilen, sehr poetischen, teilweise fiktiven antiken Lebensläufe, dachte er, könnten helfen, besser in das Zeitalter des *Timon* hineinzufinden. Die Bergstraße, sagte ihm der Portier noch, sei wegen eines Felssturzes bis auf weiteres gesperrt. Der Postfahrer habe den Sack von dort weg nach Bad Fusch heraufgeschleppt. Er steckte vier Briefe in die Tasche und schob dem Portier den restlichen Packen wieder hin; er mache jetzt vor dem Abendessen noch einmal einen Spaziergang.

In all den Jahren hatten sie die schmale Bergstraße vom Fuscher Tal herauf also immer noch nicht genügend befestigt, so wie etwa am Semmering. Er erinnerte sich, wie er in dem Jahr, als sein Vater hier heroben erkrankt war, nach Zell am See hätte fahren sollen. Der Arzt hatte ihm damals, es war das Jahr seiner Reifeprüfung gewesen, geraten, zu Fuß nach Bruck hinunter zu marschieren, zwei Stunden ungefähr, und von dort einen Zweispänner nach Zell am See zu nehmen. Aber dann hatte der Vater sich rasch von selber erholt.

Der leichte Regen hatte aufgehört, überall glukkerte es, kleine Rinnsale auf dem abfallenden schotterigen Weg zur Kirche, von den Fichten und Tannen tropfte es, das Barometer versprach ein baldiges Hoch. Weit konnte er nicht gehen, die meisten Wege waren von Gras überwachsen, seine Schuhe waren dafür nicht geeignet. Er nahm die Briefe aus der Rocktasche, blieb stehen. Schon wieder einer vom Poldy Andrian; dabei beschäftigte ihn in Gedanken der letzte Brief noch, immer wieder. Wie sehr hatte er sich darüber gefreut, daß sein Freund, dieser seit ewigen Zeiten einsam lebende Mensch, jemanden gefunden hatte, eine Frau. Und gleichzeitig fühlte er sich jedes Mal unbehaglich, wenn er die mitgeschickte Fotografie anschaute. Dieses schöne Gesicht schien ihm vollkommen herzlos, kalt. Als Freund hatte er sich verpflichtet gefühlt, dem Poldy seinen Eindruck unverfälscht mitzuteilen. Und er hatte ihm vorgeschlagen, die Handschrift seiner Erwählten von einem Genfer Graphologen untersuchen zu lassen, den der Carl ihm einmal genannt und dessen Dienste er mittlerweile selber schon in Anspruch genommen hatte. Wie sehr hoffte er, seine Befürchtungen, seine Ahnungen würden sich als falsch erweisen.

Über die ein wenig eingesunkenen, überwachsenen Steinstufen, die zu der Kirche hinaufführten, floß ein Bächlein, stärker als der dünne Strahl, der aus dem Eisenrohr des Brunnens in den hölzernen Trog rieselte. Er setzte sich auf die Bank an der Kirchenmauer. Ein Brief vom Carl, einer vom Richard Strauss, einer vom Professor Brecht. Brecht würde sich wahrscheinlich bedanken für den Geschenkkorb mit Lebensmitteln, den er ihm und den Seinen an seinem Abreisetag Anfang Juli hatte schicken lassen. Einen großen Schinken, Früchte, eine Flasche Wein. Und er hatte noch die ersten drei Bände seiner kürzlich erschienenen Werkausgabe dazugelegt. Die sehr beschränkten finanziellen Verhältnisse so vieler Freunde und Bekannten… Er dachte an die zweihundert Milliarden Papiermark auf seiner Münchner Bank, die nichts mehr wert waren. Vor ein paar Tagen hatte er in der Zeitung gelesen, die Inflation werde bald beendet sein, die Krone würde durch den Schilling ersetzt.

Die Bänke waren immer noch feucht, aber er konnte ja auch im Gehen nachdenken. In der Früh hatte er wieder die Disposition durchgelesen, die Carl anhand ihrer Gespräche über den *Timon* aufgeschrieben hatte. Es blieb dabei, der erste Akt mußte auf einem Platz vor dem Haus des Timon beginnen. Von den Hauptfiguren hatte er eine genaue Vorstellung: der ein Doppelleben führende Timon, sein Sohn Chelidas, Lykon und Tryphon – jedoch wenn er vor der Schreibmappe saß, gelang es ihm nicht, einen straffen, überzeugenden Szenenablauf hinzuschreiben. Es schien ihm, es handle sich bloß um schablonenhafte Figuren, die in den Szenen zu keinem Leben, zu keinem wirklichen Miteinander kamen. Aber das hatten der Arthur Schnitzler und der Richard Beer-Hofmann ihm schon vor dreißig Jahren vorgeworfen. Wie oft hatte er die Dramen und Lustspiele Shakespeares und Goethes studiert, den Molière, auch den Grillparzer. Eigentlich war es ihm von Anfang an problematisch, Figuren, menschliche Schicksale einer Theaterwirksamkeit anzupassen.

ER VERSPÜRTE ein zärtliches Sehnen, wie so oft, wenn er allein war. *Mein Kinderl, ich weiß, wie sehr Du Dir wünschst, daß ich den* Turm *endlich vollenden kann...*

Ungläubig hatte er den Kopf geschüttelt, als Carl ihn unlängst gefragt hatte, ob er nicht wieder ein Theaterstück schreiben könne wie den *Schwierigen*, ein Stück, das in Österreich und in der Gegenwart spiele. Daran, fiel ihm jetzt ein, hatte er sich schon erinnert, als er sich nach dem Frühstück zum Spazierengehen umzog. In einer der Taschen des Sportsakkos, das er sich während ihres Ausflugs in den Süden spontan in Chiavenna gekauft hatte – er hatte es in einer Auslage erblickt, anprobiert und mitgenommen –, fand er ein Stück vertrocknete Orangenschale. Carl hatte auf dem Markt in Soglio zwei Orangen gekauft, und als sie sie im Stehen verzehrten, war jener Satz über das »österreichische Stück« gefallen... Das Aroma der Orangen hatte ihn einen Moment lang nach Syrakus versetzt, wo sie in einem Lokal etwas probiert hatten, wovon er noch nie gehört hatte: eine *insalata di agrumi*, aus Zitrusfrüchten also.

Soglio, dieses entzückende Bergstädtchen... An den Ausflug mit Carl vor zehn Tagen in dessen Automobil erinnerte er sich gern, und an den Abstecher nach Chiavenna. An das Gästebuch im *Palazzo Salis* in Soglio, wo sie eine Eintragung von Rilke gefunden hatten, dem sie nach dem Essen eine Ansichtskarte schrieben. Sie hatten auch überlegt, Rilke ein andermal in seinem Chateau bei Sierre oder Sion zu besuchen.

Aus der Kirche kamen zwei Frauen, wandten ihm im Gehen die Köpfe auffällig zu, grüßten jedoch nicht. Wenn die Kirche jetzt geöffnet war, würde er auf dem Rückweg hineinschauen.

Die Nachmittagssonne hatte die meisten Wolken aufgelöst. Vorsichtig überstieg er den Zauntritt am Ortsende. Als er auf den Wiesenweg hinauskam, hörte er das Gebimmel von Kuhglocken. Die Vorstellung wieder, er müsse den *Timon* wie so vieles in den letzten Jahren aufgeben. Das Konvolut in einer dicken Mappe verschnüren, ein Jahr lang wenigstens aus dem Gedächtnis streichen. Und der Gedanke manchmal, wie der Sebastian Isepp mit seiner Malerei einfach aufzuhören mit dem Stückeschreiben, überhaupt aufzuhören, nur noch Eintragungen ins Tagebuch. Wovon leben? Journalismus? Das Angebot der amerikanischen Verlagsgruppe annehmen, als eine Art Europa-Korrespondent zu arbeiten?

Er sah einen Bauern mit Heugabel auf der Schulter, der seitlich die Wiese herabstieg; in einiger Entfernung rannten zwei Kühe hinter ihm her. Er blieb stehen, befürchtete schon, die näher kommenden Kühe oder gar Stiere würden den Mann auf die Hörner nehmen. Sobald sie den Bauern, ihren Bauern wohl, erreicht hatten, trennten sie sich, trotteten an seiner Seite, eine links, eine rechts.

Die Bretter der Bank, von wo man einen Blick

aufs Embachhorn hatte, waren bereits trocken. Jenen ebenen langen Waldweg hatte er noch nicht wieder gefunden, den er als junger Mensch so gern gegangen war, wenn er im Gehen Ergänzungszeilen zu einem Gedicht in seinem Kopf herumgewendet hatte; er wußte nicht einmal mehr, in welchem der Fuscher Waldgebiete dieser Weg sich befand. Womöglich erreichte er ihn über jenen Weg, der über die Fürstenquelle hinausführte, hinauf bis zu den Hochalmen. Die Bäume dieses Waldes waren bis weit hinauf ohne Äste gewesen, beim Gehen war es ihm jedes Mal vorgekommen, als befände er sich in einer weitläufigen Kathedrale. Jetzt mußte er sehen, ob er den Weg fand, mußte systematisch vorgehen. Fünfundzwanzig Jahre her, fünfunddreißig, wer weiß, ob dieser Wald inzwischen nicht völlig zugewachsen war von den damals jungen Fichten und Tannen. Aber ebene Wege mußten es nun für ihn sein. Auf die Berge, über die steilen Hänge hinter dem Kurhaus konnte er nicht mehr klettern.

Sobald er auf der Bank saß, legte er seinen Hut ab, mit dem Taschentuch wischte er den Schweiß von Stirn und Hals. Er nahm sich vor, Carl im nächsten Brief zu bitten, ihnen ein paar Orangen mitzubringen, wenn er im Herbst zu Besuch nach Aussee kam; in Wien waren schon lange keine mehr zu kriegen. Auf dem Wiesenboden lagen hergewehte Blätter. Ein wenig früh, aber der Herbst begann hier heroben einige Wochen früher als in den Tallagen. Wie schön, und wie eigenartig, das feine und grobe Nervengeflecht des Blattes. Eines der Blätter war angefressen, von einem Käfer oder einer Raupe? Linkerhand sah er auf dem Boden die silbrig-durchsichtige Schleimspur einer Schnecke. Es war wohl doch ein Ahornblatt. Wie vollkommen das organisiert war, der Transport der Säfte von den Wurzeln bis zu den Blattspitzen.

Beim Frühstück hatte er gehört, wie sich am Nebentisch zwei deutsche Herren in Sportsakkos, um die vierzig, die wie Zwillinge aussahen – wie kamen die bloß nach Bad Fusch? –, über die Ausreisegebühren unterhielten; er hatte gehört, daß diese Steuer bis zu zwanzig Goldmark betragen konnte. Der Carl würde es als Schweizer Gott sei Dank viel leichter haben, nach Österreich einzureisen.

Der vierte Tag in der Fusch. Wenn er selbstvergessen herumspazierte, bei einem Brunnen stehenblieb, sich hinunterbeugte und trank, fühlte er sich für Momente in einer geisterhaften Gesellschaft: Er sah sich selbst vor zwanzig, vor dreißig und mehr Jahren hier allein herumgehen, Gedichtzeilen entwerfend, Gedichte rezitierend.

Wie viele Gedichte, dachte er, hab ich damals auswendig gekonnt: Eine Menge Verse vom Lenau, einige fielen ihm immer noch ein:

Sahst du ein Glück vorübergehn
Das nie sich wieder findet
Ist's gut in einen Strom zu sehn
Wo Alles wogt und schwindet...

Jener Sommer, als ihm die Gedichte wie von selbst in den Sinn kamen... Einmal, ohne Bleistift, hatte er im Gehen zwei Terzinenzeilen ununterbrochen im Kopf memoriert, damit sie sich nicht genauso schnell verflüchtigten, wie sie erschienen waren. Die Trauer über den Tod der Frau von Wertheimstein hatte alles in ein wehmütiges Licht getaucht. Daß sie bald ausgelebt haben würde, war ihm nach seinem letzten Besuch in Döbling klar gewesen. Als dann das Telegramm von Franziska Gomperz gekommen war, kurz bevor er mit seinen Eltern von Wien in die Sommerfrische abgereist war, hatte es ihn doch schwer getroffen.

Er öffnete den Brief von Gerty: Ein Blatt von ihr und ein Brief, den der Rudolf Borchardt an die Christiane geschrieben hatte. Wie sehr liebte er die Handschrift seiner Frau, alle diese Zettel hob er in seiner Brieftasche auf.

AN WEN erinnerte der junge Mann ihn, dem er am Ortsausgang zum zweiten Mal begegnet war, dort wo die Straße in zwei Spazierwege mündete, die sich nach einer Weile ihrerseits verzweigten? Er befand sich auf dem Heimweg von einer kleinen Vormittagswanderung zur Augenquelle, wo er auf einer Bank, die Pinzgauer Tauerngruppe vor sich, einiges auf seinem Schreibblock notiert hatte. Gegenüber der Kirche ließ er sich wieder auf einer Bank nieder, inmitten des Rondells, das die sechs mächtigen Kastanienbäume bildeten. Auf einmal fiel ihm ein, was er vorige Woche in Lenzerheide notiert hatte: Im *Timon* eine Szene mit einer Hetäre einzubauen, ausgehend von der Rede der Diotima in Platons *Symposion*. Am Abend wollte er die Gerty in Aussee anrufen, ihr sagen, daß er den Platon brauche, wenn er demnächst mit dem Schreibzeug nach Altaussee übersiedeln werde.

Der junge Mann mit seinem auffällig kurzen Haarschnitt war von dem steilen, in Zick-Zack-Wendungen herunterführenden Weg, dem Kasereckweg, gekommen, den er in jungen Jahren selber oft hinaufgewandert war, mehrmals jedes Jahr, meistens mit dem Vater. In der Riedelalm dann Milch und Butterbrot. Auch dieser Junge war offensichtlich mit seinen Eltern hier abgestiegen. Gestern abend hatte er im Speisesaal des Hotels die im hinteren Teil sitzende Familie beobachtet. Alle drei Personen an dem Tisch waren ihm bekannt vorgekommen, besonders der Herr im mittleren Alter. Als er seine Brille endlich gefunden hatte, hatten sie ihre Plätze jedoch schon verlassen gehabt.

EINIGE MALE war er schon in der dem Bischof Wolfgang von Regensburg geweihten Kirche gewesen, in der er als Kind andächtig gesessen war; die vielen brennenden Kerzen machten den schmalen Innenraum zu einer Höhle, in der man sich gerne niederließ. Manchmal hatte er ein paar Heller in den Schlitz der massiveisernen Büchse gesteckt, eine Kerze genommen, sie an einer brennenden angezündet und auf eine leere Nagelspitze gesteckt. Und sich dann gewünscht, daß es aufhören möge zu regnen, daß es der Mama wieder besser gehen möge, daß er das Taschenbuch mit den d'Annunzio-Essays, das er am Tag davor auf einer Bank hatte liegen lassen oder das ihm unbemerkt irgendwo hinuntergefallen war, wiederfinden würde. Oder daß ein Gedicht ihm gelingen möge... Vor zwei Tagen hatte er hier nach so vielen Jahren wieder eine Kerze angezündet und nicht gewußt, was er sich wünschen sollte; er hatte sich dann mit der brennenden Kerze in der Hand geniert, als zwei Leute eintraten, hatte sie aufgesteckt, sich bekreuzigt und das Kirchlein verlassen. Diesmal sah er einen jungen Mann in Kniehosen und Wollstutzen in der hintersten Bank knien und beten. Die Tür im hohen Eisengitter war geöffnet. Durfte er sich wünschen, daß die Arbeit, das Schreiben vonstatten gehen möge? Aber warum nicht? Worum die Menschen in den Kirchen nicht alles bitten! An der linken Wand hing ein entsetzlich abgeschmacktes Marienbild. Das Bilderverbot der Muslime – manchmal wünschte man es sich. Wieviel gab man jetzt? Ein Satz fiel ihm ein, wo gelesen?: Die Götter seien nur deshalb nicht mehr vorhanden, weil keiner sie anrufe… Er nahm ein paar Scheine aus der Brieftasche, tausendfünfhundert Kronen, das musste genügen, und zündete eine Kerze an. Es dauerte eine Weile, bis der Docht zu brennen anfing. Jetzt erhob der junge Mann sich, blickte ihn an, blieb stehen, als wolle auch er eine Kerze stiften, nickte ihm dann grüßend zu und verließ die Kirche. Er steckte endlich die Kerze auf einen der Nägel und überlegte, wie er seinen Wunsch formulieren sollte.

AN DER Table d'hôte im Speisesaal war ihm gleich am ersten Abend aufgefallen, daß einige Gäste nicht in Abendkleidung an den Tischen saßen. Auch er hatte auf seiner Reise in die Schweiz für die Abende bloß ein dunkles Sakko mitgenommen. Carl hatte ihn darauf hingewiesen, daß man sich – ausgenommen in den allerersten Hotels – jetzt sommerlichleger kleidete. Hier saß nun ein Herr im weißen Hemd mit einer unmöglichen Krawatte am Tisch. Kaum jemand, der seine Dame zum Tisch begleitete, ihr den Stuhl zurechtrückte. Das großflächige

Bild an der Wand, eine Ansicht des Großglockners mit dem mächtigen Pasterzen-Gletscher, kannte er von früher; wenn er sich richtig erinnerte, hatte es seinerzeit in der Halle gehangen. Die Kellner schienen ungeschickter als vor dem Krieg, in den paar Tagen hatte er es zweimal erlebt, daß ihnen ein Teller oder Besteck aus den Händen fiel. Wenn sie Beistell- oder Anrichtetischchen durch den Saal schoben, ratterte es oder sie stießen an Tische; es schien ihnen an Augenmaß zu fehlen. Am Essen jedoch war nichts auszusetzen, die Kalbsleber mit Butterreis, Salzkartoffeln und Bohnen gestern war ausgezeichnet gewesen. Zum Nachtisch gab es Obst und Emmentaler – den er in Lenzerheide nie bekommen hatte. Laut war es geworden in den Hotels, auch in Lenzerheide, kaum jemand dämpfte seine Stimme, lautes Lachen in der Nacht, Türenschlagen, Gekichere auf dem Gang… Auch hatte er schon überlegt, dem Portier zu sagen, daß ihm der Kaffee nicht schmecke. An der Eingangstreppe schossen Bärenklau, Königskerzen und Huflattich in die Höhe. Es war ihm auch aufgefallen, daß einige der Gäste auf ihren Wanderungen keine Bergschuhe, sondern gewöhnliche Halbschuhe trugen.

Und er dachte wieder an seine Familie in Aussee. Wie lange hatte er dem Haus in Obertressen Nummer vierzehn nachgetrauert, das sie so viele Sommer- und Herbstmonate bewohnt hatten. Manchmal, wenn er selbstvergessen seine Wege gegangen war, hatte er plötzlich einen Stich im Herzen verspürt, bis ihm einfiel, sie hatten ja wieder ein Häusl, und gar nicht weit entfernt vom früheren. Aber im Sommer davor, nachdem die Bäuerin außer der täglichen Kanne Milch einen Korb mit Eiern, Speck und einen Laib Brot hingestellt und dann umständlich erklärt hatte, ihr Mann werde demnächst kommen, um mit ihnen zu reden: Vom nächsten Frühjahr an würden sie das Haus selber brauchen, der Sohn wolle heiraten…

Die Aussicht, womöglich im nächsten Sommer und Herbst kein Haus in Aussee mehr zu haben, hatte ihn wochenlang deprimiert; er hatte die Arbeit an einem Ballettszenario unterbrechen müssen und stattdessen hinsichtlich möglicher Bearbeitungen in seiner Calderón-Ausgabe gelesen. Selbst wenn sie wieder ein Haus fänden in Altaussee, hatte er damals gedacht, hieß das noch lange nicht, daß es ein Haus war, in dem er leben, mit anderen Worten, in dem er arbeiten konnte. Und wie weit mochte die Unterkunft dann entfernt sein von seiner Lieblingsbank! Manchmal, wenn die beiden Buben zu sehr lärmten, hatte er seine Schreibmappe genommen und war zu der Bank am Waldrand spaziert. War sie frei, fühlte er sich im Einklang mit der Welt. Diese Bank, hatte er manchmal gedacht, mein eigentliches Zuhause. Sie hatten Glück gehabt mit dem neuen Häusl, der Bürgermeister hatte geholfen zu vermitteln. Aber er war es so gewöhnt, seinen Hut auf das Rehkrickel zu hängen, wenn er von einem Spaziergang zurückkam, daß er, wenn er ins ganz ähnlich dunkle Vorhaus trat, den Arm mit dem Hut in der Hand hochstreckte, sich jedes Mal zu spät erinnerte, daß auf den langen, hervorstehenden Holznägeln jetzt ihre Regenschirme hingen.

ER GRIFF nach seinem Notizbuch und schrieb den Satz auf, den er eben in einer französischen Zeitschrift gelesen hatte, eine Auswahl von Aufzeichnungen Paul Valérys: *Plagiator ist jener, der die Substanz der anderen schlecht verdaut hat.* Es war ihm beim Lesen bewußt geworden, daß ihn Kritiker im Lauf der Jahre immer wieder als einen Plagiator oder Epigonen bezeichnet hatten. Als hätten nicht alle von den Vorgängern gelernt, sich von den Meistern anregen lassen. Als käme es eben nicht darauf an, aus diesen Anregungen etwas Eigenes zu machen. Es war spät. Auch an diesem Tag hatte er keine Zeile schreiben können, und er war Krakauer, dem jungen Arzt, wieder nicht begegnet.

Er dachte, die große Kunst sei es, bei einem Großen den richtigen Ton zu suchen, sich an diesem Ton aufzurichten und dann den eigenen… Wie sein Freund Eberhard von Bodenhausen sich aufgeregt hatte, als er vor Jahren in einem kleinen Aufsatz von ihm den Goethe-Ton bemerkt zu haben meinte. Ja… Wenn sich manchmal zu einer Prosaarbeit keine Anfangssätze entwickeln mochten, wenn nichts gehen wollte, nahm er gern den Band mit den kunsttheoretischen Aufsätzen Goethes in die Hand. Die *Einleitung in die Propyläen* hatte ihm oft schon geholfen. *Der Jüngling, wenn Natur und Kunst ihn anziehen, glaubt, mit einem lebhaften Streben, bald in das innerste Heiligtum zu dringen; der Mann bemerkt, nach langem Umherwandeln, daß er sich noch immer in den Vorhöfen befinde.* Ein paar Sätze genügten, und er hatte festen Boden unter den Füßen. Einen Ton zu haben, dazu brauchte es einen gesicherten Boden.

Andererseits, einen Ton, seinen Ton zu finden und dann immer und immer wieder den gleichen Ton anzustimmen wie George und auch Rilke... Wie hatte er manchmal Schnitzler beneidet um die Kontinuität in seinem Schaffen! Wie mir, erinnerte er sich, die leichte Hand Wedekinds damals geholfen hat, den richtigen Ton für *Das gerettete Venedig* zu finden... Sein Vater fehlte ihm immer noch, seinem klugen Urteil hatte er manchmal mehr vertraut als jenem der berufsmäßigen Kritiker. Die traumwandlerische Sicherheit der frühen Jahre, als fast alles gelang... Das Gespräch mit dem Vater in seinen jungen Jahren, in den verregneten kühlen Sommertagen hier heroben und dann in Strobl. Das Vorlesen... Wie scharf der Papa reagiert hatte, als H. ihn in der Fusch einmal einen Brief lesen ließ, den er gerade an Stefan George geschrieben hatte, um ihm ein paar Gedichte seines Freundes

Poldy für die Aufnahme in die *Blätter für die Kunst* zu empfehlen. »Was für einen Ton gebrauchst du denn da!« hatte der Vater gerufen. »Man ändert doch nicht einfach seinen Ton!« Damals hatte er sich manchmal gefragt, ob er über einen eigenen Ton verfüge; als er nach jenem langen ersten Ausseer Sommer heimgekommen war, hatte sein Vater seinen Sprechton kritisiert: Das sei ja nicht auszuhalten. Ja, ich red halt, wie alle die Freunde reden, hatte er gedacht, der Felix Oppenheimer, der Poldy Andrian, der Clemens und der Georg Franckenstein. Seine Briefe hatten sie alle ausgetauscht und gelesen und sich vorgelesen, und man hatte ihn dafür bewundert, wie er für jeden Adressaten einen eigenen persönlichen Ton anschlug. Aber, dessen war er sich sicher, wäre er damals nicht schon ein in der Wiener Gesellschaft anerkannter Künstler gewesen, hätten sie ihn niemals an sich herangelassen; für sie war er kein Mann von Welt.

Während er sich die Zähne reinigte, nahm er sich vor, am nächsten Tag an die Tür von Doktor Krakauer zu klopfen, ihn zu einem Kaffee in den Salon einzuladen.

Jemanden zum Reden, das entbehrte er immer mehr, und immer weniger ertrug er das Geschwätz. Den Hans-Karl in seinem *Schwierigen* hatte er sagen lassen, das Schrecklichste sei, daß es etwas gebe wie Konversation, das Getratsche, welches jedes Gespräch verflache. Den Bauern, den Wegmachern und sogar der Putzfrau in Aussee oder in Rodaun hörte er gerne zu – wenn er halt gerade Zeit hatte oder dazu aufgelegt war oder sich nicht gerade in der anderen Welt befand –, aber den Schmus der sogenannten gebildeten Leute! Mit dem Richard Beer-Hofmann auseinandergelebt, auch mit Schnitzler… Poldy, immer schwierig, und meistens im Ausland… schien sich obendrein völlig der katholischen Kirche ergeben zu haben. Rudolf Pannwitz, auf den er so große Hoffnungen gesetzt hatte. Dessen *Krisis der europäischen Kultur* hatte, als der Autor es ihm seinerzeit während des Krieges schickte, sein Leben erhellt. In jenen schweren Monaten, als er über das Auseinanderfallen des Kaiserreiches nicht hinwegkam – für ihn bedeutete dies die Auflösung alles Bestehenden. Was hatte er nicht alles unternommen, um diesem Genie, das ganz in der Nähe in erbärmlichen Verhältnissen lebte, zu helfen. Geld gesammelt. Ihm schließlich einen längeren Aufenthalt im Haus seiner Freundin, der Gräfin Ottonie Degenfeld, in Bayern verschafft. Und dann benahm dieser Mensch sich so schrecklich daneben. Dabei lebte er ohnehin mit zwei Frauen! Wie seltsam war das: Entweder ist einem das Werk eines Menschen bedeutsam, der einem persönlich unsympathisch ist, oder umgekehrt.

Als die Ottonie ihm den überaus peinlichen Vorfall in einem Brief mitgeteilt hatte, war eine Wut in ihm aufgestiegen. Hätte dieser Pannwitz die Gerty bedrängt, wäre sein Entsetzen nicht größer gewesen. Die Ottonie… wie verliebt ich zeitweise in sie gewesen bin, dachte er. Die Briefgespräche mit ihr wenigstens waren ihm erhalten geblieben. Seine Frau hatte einmal gemeint, allein sein Briefwerk sei mehr, als die meisten Autoren geleistet hätten.

WIE SPÄT war es? Das 14-Uhr-Postauto jedenfalls hatte er versäumt. Er hatte ein wenig in Zell am See durch die Gassen streifen wollen, ein Geschenk für seine Frau suchen, das er ihr nach Altaussee mitbringen würde. Er freute sich darauf, wenn er mit der Gerty allein war, um dann – hoffentlich hielt das Wetter halbwegs – bis in den November hinein in der vertrauten Umgebung zu arbeiten. Wenn er fern von zuhause war, empfand er oft eine heftige Zärtlichkeit für sie; daheim dann spürte er diese Zuneigung seltener. Es war schwierig, unterwegs etwas für sie zu kaufen, lieber war ihm seit jeher gewesen, sie suchte sich selber etwas aus.

Er ordnete die Blätter aus seiner Schreibmappe. Wahrscheinlich hatte sie der Doktor Krakauer nach seinem Sturz neulich zusammengesucht und hineingelegt. Außer einigen Notizen zum *Timon* hatte er an diesem Tag, wie auch am Tag davor, nichts zustande gebracht. Auf dem Heimweg hatte er sich gesagt: Absurd, hierher gekommen zu sein. Ich hätte in der Schweiz bleiben sollen, vielleicht wäre ich, nachdem Carl abgereist war, in Lenzerheide dann doch noch ins Arbeiten hineingekommen.

Tee trinken! Eine Tasse guten Tees ... Aber den bekam man hier nicht. Nicht mehr. In Lenzerheide ja, ein Paradies, was den Kaffee, den Tee und die Mehlspeisen anlangte.

Als er am Montag nach seinem Sturz auf der Bank gelegen war, halb ohnmächtig, hatte er gefühlt, daß etwas ihn davonzog, wohin? Dann war er wach geworden, hatte die üppige Blätterwelt der Buche über sich bewundert. Vielleicht hatte es ihn dahinein gezogen. In jungen Jahren manchmal Zustände ... Wie lauteten die Zeilen in den Terzinen?

Und wissen, daß das Leben jetzt aus ihren
Schlaftrunknen Gliedern still hinüberfließt
In Bäum und Gras ...

Das Geländer an der kleinen Brücke über den Bach – ein Stützpfosten fehlte, das Geländer wakkelte –, da hatte es angefangen. Dann der lange, hohe, schiefe Holzstoß neben dem Bach, mit einer Kette an einer Fichte gesichert – trotzdem hatte er jedes Mal Angst, der mächtige Stoß könnte losbrechen, ihn unter sich begraben, während er vorüberging. Ein Ausweichen wäre nicht möglich, weil der schmale Weg auf der anderen Seite durch eine hohe Böschung begrenzt wurde.

Das Erschrecken gestern und heute ... Gespenster! Oder wurde er senil? Gestern, als ihm wegen der warmen Winde der Schädel zu zerspringen drohte, als er nach dem Frühstück auf der Terrasse saß und die *Neue Freie Presse* las und abermals überlegte, der Gerty zu telegrafieren, ob seine Kammer schon frei sei, ob der Franzl vielleicht schon nach Wien zurückgekehrt sei, sah er plötzlich, wie jener Herr sich ihm näherte. Das ist ja der Rudolf Borchardt, war ihm vorgekommen, und er war heftig erschrocken. Möchte er unseren Konflikt wegen des *Eranos*-Bandes besprechen, klären? Am Vorabend hatte er wieder in Borchardts Übersetzung der *Imaginären Unterhaltungen* von Walter Savage Landor geblättert und gelesen; es handelte sich ja um ein Genre, in dem er selber gearbeitet und veröffentlicht hatte. Abends hatte er dann eine Idee für ein erfundenes Gespräch notiert: *Die Freunde.*

Das schmale, beinah dunkelhäutige Gesicht des Herrn, der dann vor seinem Tisch stand und im schönsten Wienerisch fragte, ob die *Neue Freie Presse* auf seinem Tisch frei sei. Er war so erleichtert, daß er dem Herrn die Zeitung, den Griff der Halterung entgegenstreckte: »Aber bitte sehr!« Wie außerordentlich dumm, zu denken, der schwer beleidigte Rudolf Borchardt könnte hier in Bad Fusch auftauchen! Jetzt erst merkte er, daß es sich um einen Kriegsverletzten handelte, mit einem künstlichen rechten Arm und einer Hand aus schwarzem Leder. Im Speisesaal sah man auch Männer, die sich mit Hilfe von Krücken fortbewegten. Am nächsten Tag, hatte der Portier ihm gesagt, würden neue Gäste ankommen; er hoffte, es wäre kein ihm bekanntes Gesicht dabei.

Vor zwei Tagen, als er dem Portier einige Briefe zum Frankieren übergeben hatte und danach am Ende der Rezeption die Liste der Gäste durchsah, hörte er, wie ein Mann in seinem Alter sich nach Herrn Hofmannsthal erkundigte. Er hatte sich weggedreht und war die Treppe hinaufgeeilt. Dabei war ihm eingefallen, wie er einmal in München im Hotel *Vier Jahreszeiten* – völlig unsinnig – vor Rilke floh, der ebenfalls dort abgestiegen war. Ein paar Tage lang hatten sie Billets ausgetauscht wegen eines Treffens, das dann doch nicht zustande kam, weil sie sich auf keine Stunde hatten einigen können. Als er abends aus seinem Zimmer getreten war und es abgeschlossen hatte, war Rilke in Begleitung und im Gespräch mit einer hochgewachsenen Dame am Ende des Ganges auf ihn zugekommen, und er war so erschrocken gewesen, daß er die Tür des Etagen-Office aufgerissen und darin in der Finsternis einige Minuten ausgeharrt hatte. Am ersten Tag in der Fusch hatte er sich im Speisesaal umgesehen und war erleichtert gewesen, daß die Brechts offenbar doch nicht gekommen waren. Momentan wäre es ihm äußerst unangenehm gewesen, sich zwei-, dreimal täglich einer Konversation unterziehen zu müssen oder nach Tisch einem gemeinsamen Spaziergang.

Seit dem Erscheinen der *Eranos*-Festschrift war er von Walther Brecht enttäuscht: Den Beitrag über ihn, den Jubilar, hatte Brecht offensichtlich uninspiriert und in aller Eile verfaßt. Über einige Sätze hatte er den Kopf schütteln müssen, und es war ihm plötzlich klar geworden, daß für jene grundlegende Studie zu seinem Werk, über die sie in Wien mehrmals gesprochen hatten, mit Professor Brecht nicht zu rechnen war. Allzu billig, den *Jedermann* oder den *Rosenkavalier* zu loben. Beinah hatte er es bereut, Brecht das Manuskript mit den tagebuchartigen Aufzeichnungen zur Verfügung gestellt zu haben, die er im Laufe der Jahre gemacht hatte. Hingegen war Brecht oft sehr anregend im Gespräch; merkwürdigerweise weniger, wenn er in Rodaun zu Besuch war, eher bei zufälligen kurzen Begegnungen, einem Zusammentreffen auf der Straße in Wien. Er hatte Brechts Heinse-Buch dabei und in Lenzerheide darin gelesen, auch im *Ardinghello*, hin- und hergerissen zwischen Begeisterung und Abscheu. Erstaunlich, schien ihm, wie tief Heinse sich in das mediterrane Lebensgefühl hatte einfühlen können.

ZURÜCK IM Ort ging er am Hotel vorbei, sah einige Herrschaften auf der Terrasse beim Kaffee sitzen, stellte sich auf die Brücke, wo der Weixelbach an der düsteren Hinterseite des Gebäudes in seinem tief geschürften Bett vom Berg herunterschoß, angeschwollen durch den Regen des Vortags; er stand auf der Brücke, ließ das Tosen eine Weile über sich ergehen, drehte sich um, ein paar Schritte, schaute auf der Talseite in das schäumende Gewässer. Einen Sprung da hinunter würde wohl keiner überleben.

Ein langer Hupton erschreckte ihn; er hatte das Postauto gar nicht kommen sehen oder hören, der Fahrer hupte ein zweites Mal. Ja natürlich, er mußte die Brücke verlassen, sie war zu eng, gar nicht einfach für den Fahrer, sie zu überqueren. Das hieß, die verschüttete Straße nach Fusch hinunter war wieder freigegeben worden.

Was würde die Post bringen? Er hatte noch nicht einmal alle von den gestrigen Briefen gelesen. Den von Richard Strauss wegen der *Ägyptischen Helena* mußte er bald bestätigen, auch jenen vom Poldy; wie früher jedoch jeden Brief ausführlich zu beantworten war ihm nicht möglich.

Auf der Bank am Waldrand hatte er sich hineinversetzen können in sein Schattenreich, in die Gesellschaft seiner larvenhaften Figuren, die mehr oder weniger danach drängten, Gestalt, Kontur zu gewinnen, zum Leben gebracht zu werden … Während der Arbeit an dem neuen Stück erschien ihm manchmal die seltsamste Gesellschaft; keiner ahnte eigentlich, mit wem man alles beisammen war. Unter den Maskeraden der Figuren kam so viel Abgelebtes und Geträumtes, Vorübergeschwundenes und Ersehntes, nie Besessenes dicht an einen heran … Eine Stimme, eine Figur auftreten lassen – jene des *Timon* eben –, Spannung herstellen, eine Szene errichten, weitere Figuren … Waren nicht selbst die tiefsten Zustände in unserem Innern, dachte er, in der seltsamsten Weise mit einer Landschaft, mit atmosphärischen Zuständen verbunden?

Manches hatte er notiert, skizziert, er hatte Dialoge ausprobiert, und Gott sei Dank war er auf seiner Bank ungestört geblieben. Was sollte er davon halten, dachte er, daß er sich dann, als er sein Puppentheater, wie er es nannte, auf jenem Marktplatz in Athen schließlich eröffnet hatte, mit geschlossenen Augen an den Dialog erinnerte, plötzlich der Basilius und der Julius aus dem *Turm* sich einschlichen … Hieß es, er solle dem nachgeben, die *Timon*-Mappe mit einer Schnur zubinden und sich aus dem Griechenland des dritten Jahrhunderts in das fiktiv mythische Zeitalter des *Turms* begeben? Er überlegte, ob er in der Mappe die sieben handschriftlichen Seiten dabei habe, auf welchen er sich vor vielen Jahren, als er daran ging, das Stück von Calderón zu übersetzen, den Aufbau und die Handlung des Stücks skizziert hatte.

BEIM EINTRETEN ins Hotel winkte der Portier ihm mit einem Umschlag. Die Nachmittagspost. Er riß mit dem Zeigefinger das erste Kuvert auf, ging damit ins Lesezimmer; und hoffte, einen Teil der Post gleich hier herunten erledigen, damit meinte er: wegwerfen zu können. Die Gerty war sich niemals sicher, was für ihn wichtig war, also schickte sie für alle Fälle auch Briefe ihr unbekannter Personen mit, Leserbriefe, Anfragen, Verlagsmitteilungen etc. Sie hatte einen Brief beigelegt, den Frau Brecht ihr geschrieben hatte. Vor einem Monat, in einem schwachen Augenblick, hatte er Professor Brecht, der ihn nach einer Sommerfrische gefragt hatte, Bad Fusch empfohlen. Die Brechts behaupteten nun, kein Zimmer mehr bekommen zu haben. Recht so. Aber vielleicht war's eine Ausrede, denn leere Zimmer gab es in diesem Jahr in der Fusch genug, er selbst hatte zwischen dreien wählen können. Er setzte sich in den Fauteuil am Fenster, abgeschirmt von hohen Blumenstöcken. Ein Brief vom Carl: *Ob Sie wohl noch auf der Fusch sind? Ob Sie eine stille Arbeitsmöglichkeit fanden, ob viel Freude aus der Erinnerung aufsteigt, oder ob Sie nach den früheren Jahren manches vermissen ...? Ich bin seit dem Sonntag, an dem ich Sie nach Buchs fuhr, in Zürich. Die Zürcher Bibliothek war mir immer ein lieber Arbeitsraum ...*

Werde ich, je älter, überhaupt unfähig, mit Menschen, und seien es Freunde, länger als einen

Tag oder zwei, drei Tage zusammen zu sein? Ein Brief vom Poldy Andrian, wie immer problematisch, und einer von Zifferer, der sich den Sommer über in Österreich aufhielt; auch diesem Getreuen mußte er sich entziehen. Zifferer hatte ihm bei Pariser Theaterangelegenheiten sehr geholfen – vor allem viel Geld sparen –, aber weder in Salzburg noch in der Fusch hatte er ihn empfangen können und wollen. Er wußte nicht, was er tun würde, wenn ihm in diesem Sommer, diesem Herbst weder ein Fortschritt im *Timon* noch ein endgültiger Abschluß des *Turms* gelänge. Immerhin waren der zweite, der dritte und der fünfte Akt des *Turms* jetzt präsentabel, und er hatte sogar schon überlegt, wem er einen der Akte zum Vorabdruck geben könnte. Eine Mappe mit einem fragmentarischen Konvolut mehr? Die Zahl seiner vollendeten Werke wurde bei weitem übertroffen von der Zahl der Mappen mit den aufgegebenen.

Ria Claassen beklagte sich, daß sie kein Programm der *Salzburger Festspiele* erhalten habe. Unmöglich konnte er Hunderten Leuten mitteilen, daß dieses Jahr keine Festspiele stattfanden und warum. Schon gar nicht die in der Presse kolportierten Gründe: weil eine Darstellerin abgesagt hatte, oder aus Geldmangel… Die Hauptursache war vielmehr die katastrophale Lage im ganzen Land, die weiter fortschreitende Geldentwertung. Lebensmittelmangel, Wohnungsnot, Arbeitslosigkeit machten den Einheimischen schwer zu schaffen, sie konnten kein Verständnis aufbringen für Festspiele. Da und dort war in Salzburg auch schon dagegen demonstriert worden. Eine gewisse reaktionäre Presse hetzte. Man hätte jedenfalls befürchten müssen, daß Einheimische die aus ganz Europa und sogar aus Übersee angereisten festlich gekleideten Besucher vor dem Festspielhaus angepöbelt hätten.

Könnte er die Hotelrechnung nicht mit einem Scheck bezahlen? Sonst hätte er in dem kleinen Koffer womöglich die Geldscheine von der Bank in Zell am See heraufschleppen müssen. Soll ich, überlegte er, der Ottonie vorschlagen, hierher zu kommen, und dann mit ihr gemeinsam nach Aussee?

MEIN GUTES *Wesen, grad hab ich ein paar Briefe aufgegeben im Post-Office, und vor mir, am Schalter, haben zwei ältere Damen sich unterhalten, über die Vernunftehe, sie sei den sogenannten Liebesehen vorzuziehen. Ich denk mir oft, wie glücklich ich mit Dir bin – es wird wohl auch unsere eine Vernunftehe sein, nicht? Es fiel mir heute wieder ein, daß Du nie in der Fusch gewesen bist. Bevor wir geheiratet haben, sind unsere Familien ja eigene Wege gegangen im Sommer, und später dann bin ich allein in die Fusch gefahren, zu nichts als zum Arbeiten… Alles hat sich sehr verändert hier und*

hat sich doch nicht verändert. Es ist viel gebaut wor-
den, vier Hotels gibt es jetzt, sie haben elektrisches Licht
seit vorigem Jahr, aber auf jedem Zimmer ist auch eine
Petroleumlampe, weil der Strom oft ausfällt. Ich fürchte,
der Carl hat keine Freud' gehabt mit mir. Bei einem
Ausflug mit dem Automobil ist mir schlecht geworden,
das Herz, wir haben umkehren...

Nein, das durfte er ihr nicht schreiben.

Immer wieder hab ich beim Spazierengehen in
Gedanken Briefe an Dich geschrieben, und abends, auf
meinem Zimmer, hab ich gemeint, ich hätte Dir tat-
sächlich geschrieben...

Leider sagen sie, daß das Wetter sich bald wieder
ändern wird. Es ist halt mein furchtbares Erbteil der
Mutter..., meine physische Anlage, die Abhängigkeit
von der Beschaffenheit der Luft, die furchtbare Wet-
terfühligkeit... Aber das weißt Du ohnehin seit fünf-
undzwanzig Jahren. Du hast natürlich Recht gehabt,
meine heftige Reaktion auf den Essay vom Rudolf war
weit übertrieben, auch jene gegen den Artikel vom Josef
Nadler. Ich hab mir ja den Band mitgenommen, hab in
Lenzerheide Verschiedenes noch einmal gelesen. Immer
verderb ich es mir mit Leuten, die es gut mit mir und
meinen Sachen meinen.

Zu meinem Sechzigsten verreisen wir drei Monate,
ja?

Ist das Ramgut derzeit bewohnt? Ich hab der Yella
Oppenheimer aus der Schweiz geschrieben, bis jetzt
aber keine Antwort bekommen. Den Carl habe ich für
den September nach Aussee eingeladen. Wir werden

schon Platz haben alle, sonst bitte ich die Yella wieder um mein Kammerl. Könnte die Christiane vielleicht hinaufschauen, ob sie in der Bibliothek die Hauptwerke von Platon haben, Das Gastmahl. *Hab ich Dir nicht einmal die schöne Rede der Diotima vorgelesen? Und eventuell die Hetärengespräche vom Lukian? Die beiden bräuchte ich dann für meinen* Timon. *Sonst müßte ich mir die Sachen aus Wien schicken lassen. Arbeiten tu ich noch nicht, nicht richtig, du weißt ja, dieses ewige Auf und Ab der Phantasie … manchmal der trügerische Reichtum, dann wieder eine Zeitlang Ebbe … Aber sorg Dich nicht: Wenn ich nicht arbeiten kann, steck ich mir ein Buch ein und spazier zu einer Bank. Weißt Du, seit alter Zeit hab ich hier am Fuß einer steilen Bergwiese eine Bank mit Tisch, wo ich schreibe. Wenn ich mich (früher, jetzt ist hier niemand mehr, den ich kenne, der mich kennt) mit jemandem beim Spazierengehen zwischendurch zum Reden hinsetzen wollte, hab ich andere Bänke gewählt.*

DER KELLNER im *tea-room* kam zurück und teilte ihm mit, es tue ihm sehr leid, aber die *Neue Freie Presse* sei derzeit absolut unauffindbar. Womöglich habe wieder einmal ein Gast die Zeitung mit aufs Zimmer genommen. Er gab dem Herrn Egon das *Journal* und das *Salzburger Volksblatt* in die Hand und bat ihn, den Tee auf die Zimmerrechnung zu schreiben.

Die Nachricht vom Tod Joseph Conrads hatte ihn erschreckt: *Der 67jährige polnisch-englische Schriftsteller starb am 3. August an Herzversagen.* Dabei war ihm eingefallen, daß in diesem Jahr schon Kafka gestorben war, und vorige Woche der Komponist Ferruccio Busoni. Conrad war seit langem einer jener Romanautoren, die er schätzte. Im letzten Winter hatte er *The Secret Agent* gelesen. Er erinnerte sich noch gut, wie er damals gedacht hatte: Ja, so sollte ein Roman geschrieben sein, man mußte den Autor beim Lesen zwischen den Zeilen körperlich spüren.

Auf der Bahnfahrt von Buchs hierher hatte er in dem Henry-James-Erzählband das Nachwort gelesen und erfahren, daß James und Conrad im Süden Englands bloß zwanzig Kilometer voneinander entfernt gewohnt hatten, daß sie einander besuchten und Briefe wechselten. Dies hatte ihn wehmütig gestimmt, weil es ihm wiederum bewußt machte, daß er weder in Rodaun, ja nicht einmal in Wien einen Kollegen hatte, mit dem er sich treffen, mit dem er wirklich reden konnte. Mit Beer-Hofmann auseinandergelebt, eine unerwiderte Liebe, auch mit Schnitzler traf er sich seit dem Krieg immer seltener. Noch mehr jedoch fehlte ihm zum Reden sein Vater. Vielleicht gerade deshalb, weil sein Vater kein Schriftsteller…

»Ich will nicht stören… Guten Tag.«

»Aber Sie stören doch nicht.«

Der Doktor Krakauer. H. stand auf.

»Ich wollte gerade aufstehen. Muß bloß jetzt zur Post, ein paar Briefe einwerfen, damit sie noch weggehen.«

Krakauer fragte, ob er sich anschließen dürfe und wie sein Befinden heute sei. Die Baronin Trattnig sei hier in einer Kurbehandlung wegen ihrer angegriffenen Nerven…

»Ihre Nichte Elisabeth von Trattnig begleitet sie. Sehen Sie, ich bin derzeit bei der Baronin in Diensten, gewissermaßen als ihr privater Arzt. Sie ist viel auf Reisen, hat Geld, viel Geld, ihr Mann ist vor zwei Jahren bei dem Eisenbahnunglück in der Tschechoslowakei ums Leben gekommen, vielleicht erinnern Sie sich an die Zeitungsmeldung. Sie war meine Patientin im *Allgemeinen Krankenhaus* in Wien. Und mir hat der Dienst dort nicht zugesagt. Ohne viel zu überlegen habe ich ihr Angebot, sie zu begleiten, ihr Privatarzt zu sein, angenommen. Sie ist etwas… besitzergreifend, aber ich weiß mich zu wehren.«

Sie durchquerten das Foyer; ein Herr in einem Trenchcoat saß in einem Fauteuil, umgeben von Gepäckstücken, blickte auffällig zu ihnen herüber.

»Die haben hier anscheinend bloß das *Wiener Journal*«, sagte H. zu Krakauer, »oder jemand sitzt auf der *Presse*«, und lud ihn mit einer Armbewegung ein, ihn zu begleiten.

»Das *Journal*«, setzte er hinzu, »druckt derzeit

auf der letzten Seite einen Fortsetzungsroman ab. Die tägliche Zusammenfassung beginnt heute mit: *Der berühmte Bildhauer Rudolf Kerr hat sich in die russische Fürstin Tatjana Kengarin verliebt...* – oder so ähnlich. Kennen Sie jemanden, der so etwas liest?«

»Aber natürlich«, antwortete Krakauer, »alle Welt. Das war ja immer schon so. Sie wissen wie ich, auch in den sogenannten höheren Ständen hat man die Romane der Marlitt und Ähnliches gelesen, und natürlich die Fortsetzungsromane in den entsprechenden Journalen.«

Als sie den schotterigen Weg am Kurhaus und an der Apotheke vorbei entlanggingen, erzählte H., er habe seit ein paar Jahren immer wieder Träume von Wänden, Zimmerwänden, nein, Kulissenwänden, wie in einem Theaterstück, die, während er liege, näher rückten, ihn schließlich zu erdrücken drohten; bisher sei er immer vorher aufgewacht... Heute nacht sei ja der Strom wieder ausgefallen; gut, daß man im Zimmer auch eine Petroleumlampe stehen habe.

»Seit meiner Kindheit«, fuhr er fort, »war ich bis zu meiner Verheiratung mit meinen Eltern jeden Sommer in Bad Fusch. Im Juli in der Fusch, das besonders meiner an Neurasthenie leidenden Mama sehr gut getan hat, und dann Ende Juli Übersiedlung nach Strobl am Wolfgangsee...

Ich war gerade mit einem Freund, einem Schweizer, in Graubünden verabredet; er ist übrigens nach Kriegsende einige Jahre Gesandter in Wien gewesen, Carl Jacob Burckhardt. In den drei Wochen dort in Lenzerheide wollte ich ein Theaterstück beenden, oder wenigstens sehr weit damit kommen. Aber so günstig für mein Vorhaben mir dieser schöne Ort und das ausgezeichnete Hotel bei der Ankunft erschienen waren, so verzweifelt war ich nach der ersten Woche… Ein Ort ohne Geist, wenn Sie sich vorstellen können, was ich meine. Die Seehöhe hätte gestimmt – vielleicht etwas zu hoch für mich, fast tausendfünfhundert Meter, um die tausend wäre erfahrungsgemäß die ideale Höhe…– Fusch hat um die zwölfhundert. Das Wetter war angenehm, aber meine Phantasie blockiert, ich konnte nichts tun. Da ich mich in das Theaterstück, an dem ich arbeite, überhaupt nicht hineinfinden konnte, egal ob bei Tag oder Nacht, hab ich mich in Gedanken wieder mit einem alten Romanprojekt beschäftigt. Aber was rede ich da…«

Sie hatten das kleine Postamt erreicht. Er zog einige Briefe aus der Rocktasche und steckte sie in den Kasten neben dem Eingang.

»Glücklicherweise«, sagte er zu Krakauer, »ist der Barometerstand heute nicht ungünstig, viel besser als gestern; es kann noch werden in den nächsten Tagen.«

Er lüftete seinen Hut, es juckte ihn am Scheitel.

»Wenn man jung ist, wissen Sie… Ein verregneter Sommer ist ärgerlich. Wie oft habe ich es erlebt, gerade hier in Bad Fusch. Aber Gedichte sind auch bei niedrigem Barometer entstanden. Jetzt jedoch… Man wird ungeduldig, je älter man wird.«

Er blieb stehen, trat mit Krakauer zur Seite, drei Sommergäste kamen ihnen nebeneinander gehend entgegen, machten keine Anstalten, auszuweichen.

»Die Zahl der Jahre, die man noch vor sich hat, wird immer geringer: Ein verpatzter Sommer, und dann womöglich noch ein Dauerregen im Herbst, wird bald einmal zur Katastrophe. Manchmal, schon vor vielen Jahren, habe ich mir überlegt, ob es nicht gescheiter gewesen wäre, wie mein Freund, der Freiherr von Andrian, mit zwanzig Jahren aufzuhören mit dem Dichten, in den Staatsdienst einzutreten oder Vorlesungen an der Universität zu halten.«

»Sie sind doch noch nicht alt«, widersprach Krakauer. »Sie sind in den besten Jahren, sicherlich werden Sie noch viele großartige Sachen schreiben. Wenn ich nur helfen könnte… Wenn wir in Wien wären, würde ich Ihnen den Primar Sonnleithner empfehlen, einen der bedeutendsten Herzspezialisten. Ich würde darauf bestehen, daß Sie sich – entschuldigen Sie bitte – von ihm gründlich untersuchen lassen. Auch Ihre Augen sollten Sie einmal…«

H. erwiderte, er habe schon in seiner Jugend Probleme mit seinen Augen gehabt: »Aber gerade hier in der Fusch haben wir ja die berühmte Augenquelle. Waren Sie schon einmal dort? Man muß durch die Schlucht, den düsteren Weg vom Hotel

gleich rechts hinunter, vorbei an dem Krämerhaus ...
Also ich bin immer zweimal am Tag zur Augenquelle
spaziert, habe mir die Augen benetzt, am Vormittag, und dann noch einmal nach dem Abendessen,
und ich hab in der Fusch mit den Augen niemals
Beschwerden gehabt. Ich sollte es auch jetzt ... Die
viele Post – wegen der Arbeit lasse ich ohnehin fast
alles liegen ... Bräuchte dann wahrscheinlich für die
Heimreise einen eigenen Koffer für all das, was sich
anhäuft, Briefe, Zeitschriften, Bücher ... Aber der
Mensch ist ein sonderbares Wesen: Gestern sind
bloß zwei Briefe gekommen, und das war mir dann
auch nicht recht. Ich hab mich gefragt, was los sei,
ob die Welt mich vergessen habe.«

Krakauer sagte, er habe acht Jahre in den Vereinigten Staaten verbracht, auf der *Columbia* sein
Studium begonnen. Sein Vater habe ihm neunzehnhundertsiebzehn verboten heimzukehren, solange
der Krieg noch dauere – sein älterer Bruder sei in
Rumänien gefallen.

»Neunzehnhundertachtzehn habe ich mein Studium abgeschlossen, hab eigentlich zurück wollen
nach Wien. Ursprünglich hatte ich überhaupt höchstens zwei Jahre bleiben wollen, aber das Leben in
Manhattan hat mir sehr gefallen, die Großzügigkeit
und die Offenheit der Menschen haben mich beeindruckt. Als ich dann nach dem Krieg zurückgekehrt
bin, hatte ich Schwierigkeiten, mich zurechtzufin-
den. Auf einmal erschien mir alles so leblos und
diffus, sogar gehässig. Die Schikanen, bis ich die

Nostrifizierung erhielt, um endlich in Österreich als Arzt tätig werden zu können.«

H. sagte, er habe vor vielen Jahren eine Erzählung in Briefen geschrieben, die *Briefe des Zurückgekehrten*. Und bot ihm an, ihm den soeben erschienenen Band, in dem dieser Text enthalten war, zu leihen.

Sie erreichten das Hotel.

»Wie gerne würde ich endlich etwas von Ihnen lesen!« rief Krakauer.

H. erwiderte, er werde ihm den Band beim Portier hinterlegen.

»Leider habe ich«, sagte er, »mein Fläschchen Melissengeist im Lenzerheider Hotel stehen lassen. Aber ich möchte ohnehin heute oder morgen für ein paar Stunden nach Zell am See hinunter.«

Er wollte noch sagen, er hoffe, in Zell nicht dem Herrn Windhager zufällig zu begegnen, dem Inhaber des *Seehotels*, der nach dem Krieg Präsident der Raimund-Gesellschaft geworden war; dieser ehrenwerte Herr habe ihn wegen eines Aufsatzes über Raimund schon ein paar Mal…

Plötzlich trat ihm eine voluminöse Dame in den Fünfzigern in den Weg, mit einem breitkrempigen weißen Hut auf dem Kopf.

»Herr von Hofmannsthal! Welche Ehre, Ihnen zu begegnen. Vor zwei Jahren habe ich das *Große Welttheater* in dieser Kirche in Salzburg gesehen, wunderbar, wunderbar! Wir hofften, diesen Sommer den *Jedermann* zu erleben…«

»Freut mich«, murmelte er und drängte an der Dame vorbei.

»Sebastian! Wo warst du? Wir wollten doch … wir haben noch zwei Koffer in der *Post*!«

H. blickte sich nach Krakauer um, dieser reichte jetzt der Dame den Arm – es handelte sich offensichtlich um seine Baronin. Sebastian? Das erinnerte ihn wieder an den Sebastian Isepp, an die Italienreise im Frühjahr … Eine mollige junge Frau schien ebenfalls zu der Baronin zu gehören, es war wohl die Sängerin. Sie gab der Baronin ein Döschen oder irgend etwas anderes aus ihrer Handtasche.

Jetzt war ich wieder einmal unhöflich, durchfuhr es ihn, sehr unhöflich. Aber wenn er etwas nicht aushalten, immer weniger aushalten konnte, dann waren es alle diese Damen, die ihn so oft an seine Schwiegermutter erinnerten. Die Gerty wurde ihr ähnlicher, aber das war etwas anderes. Trotzdem, überlegte er, was wäre ich, was wären wir …? Ohne sie wären ja die Theatersäle halb leer … Und wer liest denn die meisten Bücher? Krakauer drehte sich nach ihm um, schien ihm irgendein Zeichen geben zu wollen. Im Foyer winkte ihm der Portier diskret.

»Ein Telegramm für Sie, Herr …«

Der Gute hatte sich gemerkt, daß H. ihn gebeten hatte, seinen Namen nicht auszusprechen. Dabei waren die Zeiten längst vorbei … Allenfalls in Deutschland. Aber in Wien? Wer kannte ihn denn schon? Während er die Treppe hinaufstieg, fiel ihm eine Äußerung der Ebner-Eschenbach ein, die sich im Alter gegenüber Ferdinand von Saar beklagt hatte, daß man sie völlig vergessen habe. Es war lächerlich, aber immer noch ergrimmte es ihn, wenn er daran dachte, daß in Wien – nicht einmal in Rodaun – keine öffentliche Stelle ihm zu seinem Geburtstag im Februar gratuliert hatte, von einer Ehrung gar nicht zu reden. Der arme schwerkranke Saar hatte sich im Alter umgebracht.

ER BLIEB stehen und suchte in allen Rocktaschen einen Bleistift; er mußte ihn im Zimmer liegen gelassen haben. Ob ich mir, dachte er, merken werde, die Christiane zu bitten, mir baldmöglichst einen Melissengeist in Bad Aussee zu besorgen? Es war ihm heute nicht danach, bis zu der Almhütte zu gehen, wo es das beste Schwarzbrot und die beste Buttermilch gab und wunderbare, in Butterschmalz herausgebackene Krapfen. Eine Viertelstunde nur noch oder zwanzig Minuten – aber man mußte den weiten Rückweg ins Dorf bedenken. Während er sich mit dem Taschentuch den Schweiß von der Stirn wischte und den Hut wieder aufsetzte, fiel ihm plötzlich ein, an wen Krakauers Baronin ihn ...

Er drehte sich um und schaute auf die Bergrükken im Westen, dann hinunter ins Fuscher Tal, dann hinüber zum Ort. Die Giebel der Hotelbauten und Nebenhäuser waren von hier nicht zu sehen. Warum war ihm an den ersten beiden Tagen gar nicht so richtig aufgefallen, wie sehr dieses Dörfl sich ausgeweitet hatte? Erst jetzt nahm er alle die Neubauten entlang der Ortsstraße wahr, die in einem Bogen in westlicher Richtung aus dem Ort hinausführte. Es war nicht mehr sehr weit bis zu der Bank, von der aus man einen schönen Blick hatte auf das gezackte Massiv des fast dreitausend Meter hohen, auch im Sommer manchmal schneebedeckten Schwarzkopfs.

Er erinnerte sich an die Begegnung mit der Baronin Lhotsky, in jenem fürchterlichen Jahr neunzehnhundertneunzehn, in Altaussee... Merkwürdig, auch damals hatte er einen Schwindelanfall gehabt. Und der Diener der Baronin, der im Garten des Anwesens am Zaun entlang vielleicht Unkraut gejätet hatte, hatte offenbar bemerkt, wie er sich zuerst an einem Zaunpfahl festhielt und dann zusammensank.

Erst auf der Terrasse der Lhotskys war er wieder zu sich gekommen. Die Baronin hatte ihm in ihrem Salon Tee serviert; sich entschuldigt, daß es keinen Kaffee zu kaufen gebe. Und hatte ihn als Vorsitzende der Salzburger Festspielgemeinde an einen Werbe-Text erinnert, den er dem Präsidenten Richard Strauss versprochen hatte.

Ja, was verspricht man nicht alles, hatte er gedacht.

Er sei nicht erreichbar gewesen, seit Monaten, hatte die Baronin gerufen, was für ein Zufall jetzt... Man habe vermutet, daß er sich in Aussee befinde, ohne Telefonverbindung. Oder grippekrank.

Er sei tatsächlich lange krank gewesen, hatte er geantwortet. Gott sei Dank, hatte er gedacht, haben wir keines dieser zudringlichen Geräte in dem Altausseer Häusl. In Rodaun befand sich der Telefon-Apparat im Erdgeschoß neben der Küche und wurde vom Dienstmädchen bedient.

Ob er nicht gleich jetzt bitte... eine Schreibmaschine sei im Haus... Auf zwei Schreiben des Präsidenten habe er nicht geantwortet. Es müßten bloß ein paar Zeilen sein, es gehe ja hauptsächlich um seinen Namen...

Sogleich war ihm damals eingefallen, daß er an diesem geschwungenen Schreibtisch aus Kirschholz schon einmal gesessen war, es mochte zwanzig Jahre her sein. Länger, hatte er überlegt, es war sein erster Ausseer Sommer, achtzehnhundertsechsundachtzig. Den Major Lhotsky und seine Frau hatte er anläßlich eines Diners der Oppenheimer auf dem Ramgut kennengelernt, und er, der allseits bewunderte junge Dichter, war eine Woche später zum Tee in die Villa Lhotsky eingeladen worden, zusammen mit seinem Freund Clemens Franckenstein, der dann auf dem Klavier Stücke aus seiner Oper *Griseldis* spielte, wobei sich der Beifall der Gäste in Grenzen hielt. Damals hatte er die gutaussehende Baronin heimlich beobachtet; sie war nur wenige

Jahre älter als er und hatte sich nicht wie heute als Einheimische im Dirndl und mit rosarotem Seidentüchl kostümiert.

Während sie ihm umständlich Tee in die Tasse goß und dann an ihrem Tuch herumnestelte, fiel ihm ein, wie er in der Früh den Kopf geschüttelt hatte, als er sich von Gerty und den Kindern verabschiedete, die eine Tour ins Tote Gebirge unternehmen wollten und vorhatten, auf der Brunnwiesenalm über Nacht zu bleiben. Christiane wie immer hübsch anzuschauen im Dirndlgewand, mit Rucksack, aber die Buben in den zu klein gewordenen Lederhosen, den grünen Kniestrümpfen und Filzhüten, mit Wanderstöcken... Allerdings war ihm dann auf seinem Spaziergang eingefallen, daß er in diesem Alter genauso ausstaffiert gewesen war.

»Ich schreib Ihnen was Schönes ins Gästebuch«, hatte er zu der Baronin gesagt, »aber jetzt müßte ich... Der Festspielgedanke und die Salzburger Festspiele liegen mir am Herzen, das weiß ja jeder, und Sie wissen es auch. Es ist ja das Beste und einzige, was ich jetzt nach dem Zusammenbruch noch tun kann für die österreichische, für die europäische Idee. Raimund, Goldoni, Mozart, Schubert... Es ist Ihnen ja bekannt, daß ich bereits mehrere Artikel zu diesem Thema veröffentlicht habe. Naja, das Domkapitel«, hatte er hinzugesetzt, »hat endlich, wenigstens mündlich, die Zustimmung für den *Jedermann* gegeben.«

Wenn bloß die Leute nicht immer etwas von einem wollten! Wie sie sich das vorstellten, fünf Seiten hier, zehn Seiten da…

Auf einmal hatte er ein Bild vom Major Lhotsky im Sinn gehabt, war sich dann jedoch nicht sicher, ob es sich bei dem hochgewachsenen Mann im Uniformmantel nicht um jenen Major handelte, dem er in den Dolomiten ein paar Mal begegnet war – damals, als er sich mit den Skizzen zum *Jedermann* an den Karersee zurückgezogen hatte – und den er erwogen hatte, in die Tischgesellschaft einzubauen. Wenn etwas weit zurücklag, näherte es sich dem Geisterhaften. Immer öfter mischte sich die Erinnerung an Menschen, denen er begegnet war, mit jener an die Schemen, die in seinem Kopf entstanden und dann eine Art von Eigenleben beanspruchten.

Es fiel ihm auch wieder ein, was plötzlich angefangen hatte, tief in seinem Inneren so ein flaues…

In jenem Jahr damals hatte er der Baronin ein signiertes Exemplar seiner dramatischen Dichtung *Gestern* mitgebracht, und ein paar Tage später schon empfing er eine Bütten-Karte mit dem Familienwappen, worauf sie ihm in konventionellen Wendungen gedankt hatte. (Er erinnerte sich, daß der gute Ferdinand von Saar mit dem Drama auch nichts hatte anfangen können – immerhin hatte Saar ihm geschrieben, es handle sich bei diesem Stück »nicht um eine gewöhnliche Leistung«.)

Er war mit der Post in der Manteltasche, hauptsächlich der von den Eltern aus Wien nachgesandten, spazieren gegangen. Poldy Andrian war mit seiner Familie zuvor in die Schweiz abgereist. Trotz der Franckensteins und der Oppenheimer war ihm Altaussee plötzlich wie ausgestorben vorgekommen. Er war den Seeweg gegangen, vorbei an der Andrian-Villa, und auf einer Bank hatte er den dicken Umschlag geöffnet und die Briefe durchgesehen. Stefan George bot ihm an, einer der Schriftleiter der *Blätter für die Kunst* zu werden. Neben der Bank ein hölzerner Abfallkorb, dahinein hatte er einige Briefe, deren Beantwortung sich mittlerweile von selbst erledigt hatte, und solche, auf die er nicht zu antworten gedachte, zerknüllt fallen lassen. Er mußte wohl auch gedankenlos den Umschlag und die Briefkarte der Baronin weggeworfen haben, denn ein paar Tage später erzählte ihm Georg Franckenstein auf dem Tennisplatz, die Lhotskys seien sehr enttäuscht von ihm. Jemand habe einen Brief, den die Baronin ihm geschickt habe, in einem Abfallbehälter am Seeweg gefunden. »Laß dich in nächster Zeit lieber nicht bei ihnen blicken«, hatte Georg gemeint.

»Sie haben doch so wunderbare Sachen geschrieben über die Festspiele, Herr von Hofmannsthal«, hatte die Baronin gerufen. »Über den theatralischen Urtrieb des bayerisch-österreichischen Volksstammes, über das einzigartige Barockensemble Salzburgs ... Wie schön Sie das ausgedrückt haben mit der Wiedererweckung des barocken Festspiels. Sie haben das alles ja im Kopf... Wir müssen doch was tun für unser armes Österreich. Ich erinnere mich auch an Ihre patriotischen Artikel in der *Neuen Freien Presse* und in der *Rundschau* in jenen schrecklichen Jahren. Mein Mann hat mir *Die Bejahung Österreichs* vorgelesen. Der Satz, daß auch dort, wo nicht genügend vorausgedacht wurde, oft große Taten und geistige Leistungen entstehen... ich weiß, ich zitiere Sie nur so ungefähr. Und wie von unserer Armee eine umgestaltende Kraft ausgeht...«

Vorausgedacht... Es handelte sich um einen Satz von Goethe, hatte er der Baronin erklärt – wenn ich mich richtig erinnere, aus Eckermanns Gesprächen mit Goethe...

»Was sagen Sie zum Friedensvertrag?« hatte die Baronin gefragt. »Zwei Wochen ist das schon wieder her! Was anderes war wohl nicht zu erwarten? Mein seliger Laszlo meinte während seines letzten Heimaturlaubs, wir hätten vielleicht doch im Sommer vierzehn den Serben mehr entgegenkommen sollen... Man hätte dabei nicht unbedingt das Gesicht zu verlieren brauchen. Sie wissen, daß der Major vor anderthalb Jahren in den Karpaten gefallen ist? Wenigstens hat er den unseligen Ausgang dieses Krieges und den Bankrott unserer Hausbank nicht mehr erleben müssen.«

Er hatte an die Zeitungsmeldung gedacht, wonach die Unterkunft der österreichischen Delegation in Saint-Germain, welcher auch sein Freund Georg von Franckenstein angehört hatte, mit Stacheldraht eingezäunt worden war und von bewaffneten Posten beaufsichtigt wurde.

»Übrigens«, hatte die Baronin hinzugesetzt, »hat der Major fast alles, was Sie veröffentlicht haben, gelesen, und sich immer gewundert, daß, anders als zum Beispiel bei Schnitzler, in Ihren Schriften die Welt des Militärs ausgespart bleibt. Sie haben doch nichts gegen die Leutnants?«

Es fiel ihm ein, wie er in jenem unseligen Sommer – die Gerty hatte schon begonnen, die Koffer für Altaussee zu packen – die Zeitung mit der Meldung und der Zeichnung des Attentats von Sarajewo aufgeschlagen und, obwohl es bereits in ganz Wien bekannt geworden war, plötzlich einen heftigen Stich in der Brust gespürt hatte. Alle, die er kannte, alle außer Schnitzler, waren sich einig gewesen, daß man es diesmal den Serben nicht dürfe durchgehen lassen. Hätte man das Auseinanderfallen des Hauses Österreich überhaupt vermeiden können? Hätte es ein Prinz Eugen vermocht?

»Dann werde ich Schweizer«, hatte er auf die Frage der Baronin geantwortet, was er von einem eventuellen Anschluß an Deutschland halte. »Obwohl«, hatte er hinzugefügt, »obwohl ich meine Leser, mein Publikum draußen habe; das Burgtheater führt meine Stücke ja nicht auf.«

Irgendwo im Haus hatte dann, als er sich verabschieden wollte, ein Telefon geläutet. Die Baronin war hinausgegangen. »Vinzenz, so geh Er doch endlich zum Telefon, zum Kuckuck noch einmal ...«

Vinzenz? hatte er gedacht. Wenn die Baronin meine Komödie sehen wird, wird sie womöglich denken, ich habe ihr ihren Diener genommen. Dauernd meinten die Leute ihn darauf aufmerksam machen zu müssen – manchmal empört, manchmal geschmeichelt –, daß sie sich in der Figur der Ariadne oder des Ochs wiedergefunden hätten. Mit diesem Vinzenz allerdings war er noch nicht fertig gewesen: In Ferleiten hatte er Notizen gemacht für ein neues Lustspiel, mit einem rebellischen Diener in der Hauptrolle.

Und er erinnerte sich, daß er überlegt hatte, die Baronin in das *Große Welttheater* einzubauen, in der Rolle der Welt.

ALS ER endlich die Aussichtsbank in Sichtnähe hatte, sah er talwärts auf dem steilen Pfad, der vom Ort heraufführte, zwei Bergsteiger mit umgehängten Seilen und Pickeln näher kommen. Gott sei Dank gingen sie an der Bank vorbei, grüßten freundlich, als er ihnen begegnete. Waren sie im Glocknergebiet unterwegs gewesen?

Mit dem gebrauchten Taschentuch aus der Gesäßtasche wischte er die Bretter der Bank ab. Ein junger Mann schob sein Fahrrad vorbei, und H. fragte sich, wo man denn hier fahren könne. Vielleicht oben auf dem ebenen Höhenweg, welcher ihm diesmal in der Fusch der liebste Spazierweg war? Es fiel ihm ein, daß er in einem der Sommer, achtzehnhundertsiebenundneunzig, sein Rad nach Fusch mitgenommen hatte. Nicht um hier heroben zu fahren, sondern um sich in Zell am See mit Schnitzler und Beer-Hofmann zu treffen und nach Salzburg zu radeln. Es war jener Sommer, als er mit dem Fahrrad von Zell am See nach Italien gefahren war, über Südtirol, Verona, bis Varese. Darüber, fiel ihm ein, könnte ich einmal etwas schreiben, nur für mich. Jene Wochen in Varese waren ja zweifellos die produktivsten in seinem ganzen Leben gewesen. *Das kleine Welttheater* war damals entstanden, *Die Frau im Fenster*, *Der weiße Fächer*, *Der Kaiser und die Hexe* und manch anderes.

Von weitem näherte sich vom Dorf herauf ein junger Mann. Ob der Doktor Krakauer jetzt seine Gesellschaft meiden würde? Das hätte ihm sehr leid getan. Achtzehnhundertsechsundneunzig, dachte er, mein Gott, war das ein schöner Spätsommer und Herbst gewesen, es war das Jahr meiner Reifeprüfung. Zu spüren, wie man aus der Eingesponnenheit in sich selbst auf einmal heraus gelangte, die Welt wirklich wahrnahm. Und dann – was Stefan George *sich anbiedern an die Masse* nannte – in den Notizbüchern immer häufiger Entwürfe für Dramen und Bearbeitungen.

Jener Abend, erinnerte er sich, als er in Altaussee an der unbewohnten Villa Andrian vorbeispaziert war; es war überhaupt das erste Mal gewesen, daß er sich ohne die Eltern in Aussee aufhielt. Die Andrians schon lange abgereist, aber durch ein geöffnetes Fenster hatte er, als er näher kam, einen im Aufundabgehen singenden Mann bemerkt, der sich – durch die Fensterreihe konnte er es beobachten – im anschließenden Zimmer an ein Klavier setzte und weitersang; es klang nach Brahms. Wie er ihm einige Tage später in einem Gastgarten im Kreis der noch verbliebenen Freunde vorgestellt wurde: Raoul Richter, ungefähr im gleichen Alter, aus Norddeutschland, verwandt mit den Andrians, nach schwerer Krankheit für ein paar Wochen hierher eingeladen. Weil es ihm an Richter gefallen hatte, versuchte er, sich auch bloß alle drei, vier Tage zu rasieren. (Er sehe aus wie ein Lohnkutscher, hatte der Felix Oppenheim daraufhin gemeint.) Wie sie sich langsam angefreundet hatten. Er war der erste seiner Freunde aus dem Norden.

Unvergeßlich jener Abend, als Richter ihn im Dunkeln in den Wald führte und ihm eine alleinstehende riesige Tanne zeigte und erklärte, es sei sein letzter Tag, morgen früh reise er ab.

Jahre später hatte er den Weg zu dieser Tanne gesucht, aber nicht gefunden. Dafür hatte er, als er einmal von Altaussee über Obertressen nach Bad

Aussee wanderte, eine Bank unter einer Linde entdeckt, sich hingesetzt und sofort gemerkt: ein Platz zum Arbeiten! Und als sie dann – mittlerweile eine fünfköpfige Familie – das Bauernhäusl in Obertressen mieteten, hatte er bei einem ersten Erkundungsgang diese Bank wiedergefunden; der Bauer hatte ihm ein kleines Tischchen davor aufgestellt. Dort hatte er am *Florindo* und an den ersten Entwürfen für den *Schwierigen* gearbeitet. Seit er die Bank einmal von einem älteren Wiener Paar in Wanderkleidung besetzt fand, das dort Brot, Speck und Essiggurken auswickelte, dachte er künftig jedesmal, wenn niemand dort war: Der Tag ist gerettet! Sich an der Aussicht, an einer Landschaft zu erfreuen, gelang ihm immer seltener. Er hatte Zustände bekommen, als Wassermann ihn auf dem Gipfel des Loser auf das »phantastische Gebirgspanorama« hingewiesen hatte. Immer häufiger schien es ihm, alle Konturen würden sich verwischen.

Seit dieser unselige Krieg losgegangen war, hatte er jene aus rohen Brettern gezimmerte Bank nicht mehr aufgesucht. Als Eberhard von Bodenhausen ihm im zweiten Kriegsjahr schrieb: *Meine Gedanken suchen Dich in Aussee und an dem kleinen Tischchen im Wald...*, da hatte er sich beinah verletzt gefühlt und geantwortet: *Diesen Platz habe ich nicht wiedergesehen, diesen Wald nicht wieder betreten. Ich kann es nicht. Mein Herz hängt zu sehr an allen diesen Dingen, daß ich mit zusammengedrücktem Herzen,*

mit schwer gefesselter Seele dort nicht hin will, von wo
aus ich so aufsteigen und niedersteigen konnte ins Glück
der Unendlichkeit ... Es ist viel, daß ein Mensch dies
haben darf – aber es ist furchtbar schwer, es mitten im
Leben zu entbehren. Denn so wie dieses Wäldchen, wie
die Welt selber, so liegt auch meine innere Welt vor mir:
als ein nicht zu betretendes ...

Dieser Sommer ist ja doch nicht verloren, hatte er in jenem schwierigen Jahr neunzehnhundertneunzehn gedacht. Das Märchen, die Prosaversion der *Frau ohne Schatten*, zu Ende gebracht, vielleicht seine beste Arbeit. Nach monatelangem Kranksein hatten ihn die drei Juliwochen im Fuscher Tal, in denen er nicht einmal eine Zeitung gelesen hatte, wiederhergestellt. Der *Schwierige* so gut wie fertig, eine dicke Mappe mit Notizen zur Fortsetzung des Romans, einige neue Lustspiele konzipiert und schematisiert. In den Komödien konnte er die Leute mit ihren Schwächen, in ihrer Lächerlichkeit ernst nehmen. Die Verhandlungen in Salzburg waren glücklich verlaufen, und der Moissi hatte endlich verbindlich zugesagt, im nächsten Sommer den *Jedermann* auf dem Domplatz zu spielen.

ABRUPT DREHTE er sich um. Hinter ihm auf dem Weg war niemand zu sehen, auch nicht oben auf dem winzigen ebenen Platz vor der kleinen, etwas erhöht am Waldrand befindlichen Kirche. Es saß auch zur Zeit niemand auf einer der Bänke gegenüber der Kirche, auf dem kleinen Platz, dem sogenannten *Park* zwischen den vor unzähligen Jahren kreisförmig gepflanzten Kastanienbäumen. Jetzt freute er sich auf eine Tasse Tee. Seit der Portier ihm vor zwei Tagen hinter vorgehaltener Hand gesagt hatte, ein junger Mann, ein Deutscher wahrscheinlich, habe nach Herrn von Hofmannsthal gefragt, war er manchmal nahe daran, Gespenster zu spüren…

»Ich habe mich aber«, hatte Herr Widmayer gesagt, »erinnert, worum Sie mich bei Ihrer Ankunft gebeten haben.«

Er hatte dem Portier gedankt, und es war ihm wieder bewußt geworden, daß man wegen der Unsummen, auf welche die Banknoten heutzutage lauteten, automatisch mit dem Trinkgeldgeben zögerte. Er hatte sich gewünscht, ungestört zu sein in der Fusch, und dieser Wunsch hatte sich – bis jetzt jedenfalls – erfüllt; gleichzeitig hatte er den Eindruck, noch an keinem Ort der Welt so verlassen gewesen zu sein wie hier.

Es war beinah so wie in seinen Kindheitsjahren, als er sich in der Fusch oft furchtbar einsam gefühlt hatte. Die Eltern hatten ihre Bekanntschaften gehabt. Viele Kurgäste aus Graz und Wien, ja aus New York, Manchester oder Düsseldorf kamen wie sie jedes Jahr wieder hierher, aber ihn langweilten diese alten Damen und die Herren, welche den Zylinder mit dem Tirolerhut vertauscht hatten und sich auf unglaubliche Weise mit dem niedrigen Komfort hier abfanden. Dazu die häufigen Regenfälle, so daß er oft nicht einmal spazierengehen oder eines der mitgebrachten Bücher in einem Winkel der Hotelterrasse lesen konnte.

Erst Jahre später, als er dann Gedichte schrieb und den Wiener Schriftsteller Gustav Schwarzkopf kennenlernte, war der Aufenthalt in der Fusch ihm erträglicher geworden; trotzdem sehnte er jedes Mal die anschließenden Wochen in Strobl am Wolfgangsee herbei, wo er schwimmen, segeln, Tennis spielen konnte, wo er seinen liebsten Freund, Edgar Karg von Bebenburg, kennenlernte und immer wieder – meistens für kurze Zeit – traf, weil dieser als Seekadett der K. K. Marine niemals länger als zwei Wochen Urlaub erhielt, wobei ja zuerst einmal seine Mutter Anspruch auf ihn hatte, seine Freundin Lisl Nicolics und seine Schwester.

Seit er gestern in der Post den Zettel von seiner Frau gefunden hatte, auf dem sie ihm mitteilte, daß Christiane weiter mit dem Rudolf Borchardt Briefe wechsle, daß jemand aus dem Kreis um Borchardt ihrer beider Streit schlichten, sie versöhnen wolle und um Angabe seines Aufenthaltsortes gebeten hatte, irritierte ihn die Vorstellung, es könnte tatsächlich jemand in die Fusch heraufkommen und ihn mit dieser leidigen Angelegenheit behelligen. Die Sache mit Borchardt konnte, davon war er überzeugt, wenn überhaupt, nur die Zeit wieder ins Geleise bringen. Eine Intervention würde alles nur noch verschlimmern, der Meinung war auch Carl gewesen. Rudolf – das war ihm damals sofort klar geworden – hatte in seinem Essay einfach keine Sprache gefunden, um etwas über ihn und seine Sachen zu schreiben. Wer wüßte denn besser als er, wie schwierig das ist, für eine Zeitschrift, für einen bestimmten Anlaß etwas zu schreiben, ohne die Zeit, die es braucht, um sich mit einem Werk gründlich auseinanderzusetzen. Die Gerty hatte es immer wieder erlebt, wie er gestöhnt, wie oft er eine Zusage bereut hatte, und wie dann letztendlich unter vielen Mühen doch etwas zustande gekommen war, obwohl er gar nicht wußte, wie. Allerdings, in jener Festschrift zu seinem fünfzigsten Geburtstag war allzu viel danebengegangen. Borchardt hatte ihm offenbar einen fertigen oder halbfertigen brillanten autobiografischen Exkurs über seine Jugendjahre, seine Erziehung und Ausbildung in der reichsdeutschen Gründerzeit gewidmet und dazu uninspiriert über die Jugendwerke des Jubilars referiert. »Ist das, was ich seither gemacht habe, also ein Nichts?« hatte er zur Gerty gesagt, als diese ihn hatte beruhigen wollen. »Schau dir bitte all die Blumen an«, rief sie,

»dieses Meer von Blumen im Salon – ist das denn nichts?«

SOEBEN HABE ich mich nach Ihnen umgedreht, lieber Herr Doktor Krakauer. Neulich sind Sie mir ja tatsächlich einmal in persona gefolgt, als ich Sie auf der Höhe der Kirche hinter mir spürte. Dieses Mal war wohl, wie man sagt, der Wunsch der Vater des Gedankens... Seit Sie mir gesagt haben, die Baronin Trattnig sei bereits eifersüchtig auf mich – ich kann nicht einschätzen, wie ernst das gemeint war –, fürchte ich, Sie verwendeten zuviel Zeit auf die Lektüre des Bandes meiner Werkausgabe oder auf unsere Gespräche. Gleichzeitig, seit Sie mir von der Sprunghaftigkeit der Frau Baronin sprachen, hätte ich es sehr bedauert, wenn Sie womöglich von einer Stunde zur anderen Bad Fusch verlassen hätten. Der Gedanke, Sie während der Wintermonate vielleicht manchmal bei uns in Rodaun zu Gast zu haben, gibt mir Auftrieb. Wie Sie vielleicht festgestellt haben, habe ich – was ich neulich zu sagen vergessen habe – von den *Briefen des Zurückgekehrten* in dieser neuen Ausgabe nur den letzten Teil übernommen. Mir fällt ein, daß ich auch in den *Prosaischen Schriften*, welche neunzehnhundertsiebzehn erschienen sind, nur die Briefe vier und fünf aufgenommen habe. Selber mag ich mich seit langem nur ungern mit dem Anfang identifizieren. Besonders das erste Kapitel erscheint mir teilweise mißlungen, das Begriffliche überwiegend, die Übersetzung in Prosa, in sinnliche Darstellung mangelhaft...

Einmal, fiel ihm ein, hatte er überlegt, ob Stefan George recht gehabt hatte, als er von der Gefahr sprach, ins Literatentum abzurutschen, in die Zeitungsschreiberei. Der *Zurückgekehrte*, die ersten beiden Teile, war ja zuerst im *Berliner Morgen* erschienen. Die fehlende Zustimmung einiger Freunde hatte ihn damals dazu gebracht, diese Briefe selber nicht so sehr zu schätzen – bis zu dem Gespräch mit Pannwitz, den diese Arbeit offensichtlich sehr beeindruckt hatte.

Jetzt, dachte er, phantasiere ich sogar schon Briefe an den Doktor Krakauer! Aber warum nicht?

Heute nacht, während ich nach einem fürchterlichen Traum wach gelegen bin, ist etwas geschehen. Darüber würde ich gerne mit Ihnen reden, wenn Sie einmal für eine Stunde abkömmlich wären, ohne daß es die Baronin zu sehr aufregt. Es ist möglich, daß Ihr Geständnis gestern in der Viertelstunde, als wir uns im Kurhaus begegnet sind, eine starke Wirkung auf mich hatte: Sie überlegten, sich eventuell von der Baronin, die Ihnen auf Dauer doch zu besitzergreifend sei, zu trennen, vielleicht wieder an das *Allgemeine Wiener Krankenhaus* zurückzukehren.

Ebenso Ihr Bekenntnis zu Elisabeth, der ich ja nur einmal auf der Terrasse des Hotels begegnet bin und von der ich nicht wußte und weiß, in welcher Beziehung sie eigentlich zu Ihnen steht. Es hat mich sehr gerührt, als Sie mir sagten, Sie würden Elisabeth nun schon seit anderthalb Jahren kennen, seit Sie im Dienste der Frau Baronin stünden, aber erst seit Sie sie vor einigen Wochen in der Kammeroper in Wien im letzten Konzert der Saison Hugo Wolf hätten singen hören, empfänden Sie ein tiefes Gefühl für sie. Sie haben sich also zuerst in ihre Singstimme verliebt. Wie schön ist das, und wie gut kann ich es mir vorstellen! Sie haben mir neulich bloß gesagt, daß Elisabeth und ihre Eltern seit dem Krieg völlig verarmt seien, daß sie die Gesellschafterin der Baronin sei, soweit die künstlerische Tätigkeit dies zuläßt. Daß die Baronin Elisabeths Karriere fördere. (Jetzt weiß ich auch, wer das war, deren Stimme ich in den letzten Tagen manchmal aus einem der Fenster im dritten Stockwerk gehört habe. Ich nehme an, sie übte Arien aus der *Traviata*.)

EBEN ERST *habe ich Ihre Nachricht gelesen, Herr Doktor, die Sie mir – wohl während der Nacht oder in der Früh, sichtlich in Eile verfaßt – unter dem Türspalt durchgeschoben haben. Beinah bedaure ich es nun, daß ich Ihnen den Band meiner neuen Werkausgabe überließ und Sie zuviel Zeit mit dem Lesen meiner alten Sachen verbracht haben. Daß Sie – wie ich fühle – deswegen Ihre Baronin vernachlässigen.*

Es ist zehn Uhr vorbei, ich sitze im Lesesaal und lese noch einmal Ihre Zeilen. Sicherlich sind Sie – wie Sie mir mitteilen – mit der Frau Baronin und mit Elisabeth inzwischen längst unterwegs nach Zell am See und weiter nach Salzburg. Sie werden also meine Zeilen, welche ich beim Portier hinterlegen werde, erst morgen abend lesen, nehme ich an.

Hier hat es leicht zu regnen angefangen; mit einem längeren Spaziergang, auf den ich mich vor dem Auf- stehen gefreut habe, um mir im Gehen über einiges Klarheit zu verschaffen, wird es wohl heute nichts werden.

Schon zuviel, verzeihen Sie.

Abends
Der Portier sagte mir, Sie kommen erst am Sonntag zu- rück. Ich liebe Salzburg seit meiner Kindheit, hatte mir vor meiner Abreise aus der Schweiz vorgestellt, wenn ich in der Fusch mit der Arbeit gut vorankäme, für zwei Tage in das liebenswerte Städtchen zu gehen, mich zu belohnen, mich im Tomaselli *auf die Terrasse zu set- zen und auf den Alten Markt hinunterzuschauen. Seit dem Krieg hat sich auch dort vieles verändert, aber im* Tomaselli *haben sie noch zwei Ober, die vorher schon bedienten, denen ich nicht zu sagen brauche, welchen*

Kaffee, welche Zeitung ich haben möchte – auch wenn ich schon Jahre nicht mehr dort gewesen wäre. Jetzt mit dem Postautobus ist die Reise ja nicht mehr so zeitraubend wie früher. Aber Sie – oder die Baronin? – haben Ihr eigenes Automobil. Sollte sich meine finanzielle Lage in den nächsten Jahren verbessern, so könnten wir uns auch so ein praktisches Fahrzeug anschaffen. Es bietet viele Vorteile, wie ich jüngst in Graubünden erlebt habe.

Wenn ich mir vorstelle, welche Strapazen die Menschen – auch meine Eltern – um neunzehnhundert auf sich nahmen, um von Wien nach Bruck und weiter nach Bad Fusch zu kommen – allein dies schon eine Tagesreise – und dann noch mit dem Pferdefuhrwerk auf der schmalen Elendsstraße hier herauf! Manchmal waren wir bei der Ankunft so erschöpft, daß wir ohne Abendessen in die Betten gesunken sind…

Auf der Reise von Buchs nach Zell am See hatte ich mir vorgenommen, in Bad Fusch keine Briefe zu schreiben, mich völlig auf die Arbeit, auf das Theaterstück zu konzentrieren. Aber es ist alles anders gekommen. Oft erschrecke ich selber über mich, wie menschenscheu ich geworden bin. Und wenn mich hier nun andererseits keiner mehr kennt, keiner nach mir fragt, irritiert es mich doch auch manchmal. Es bleibt mir nichts übrig, als mir einzubekennen, daß dieser Krieg den Untergang unserer brüchigen Kultur in einem Ausmaß beschleunigt hat, das ich mir nicht vorzustellen vermocht habe. Und es fällt mir schwer, zu gestehen, daß auch ich den Krieg ursprünglich für richtig hielt.

Allerdings kannte ich wie die meisten die Hintergründe nicht, die unendliche Dummheit, mit der in Wien wie in Berlin von ein paar Leuten im Sommer neunzehnhundertvierzehn alles vorangetrieben wurde. Wie viele andere wünschte ich, daß einmal richtig dreingeschlagen würde. Dies könnte die Dinge zurechtrücken, stellte ich mir vor ...

Als an meinem zweiten Tag in Bad Fusch der Portier mir hinter vorgehaltener Hand mitteilte, ein junger Herr aus Deutschland habe nach mir gefragt, fürchtete ich, der Kreis um Rudolf Borchardt habe jemanden gesandt, um eine Versöhnung zu erreichen. Sie müssen wissen, daß Anfang des Jahres zu meinem fünfzigsten Geburtstag eine Festschrift erschien, unter anderem mit Beiträgen einiger meiner engsten Freunde. Das war alles gut gemeint und erregte mich, als ich anfing, die Beiträge zu lesen, doch dermaßen, daß ich mich ins Bett legen mußte. Die Freundschaft mit Borchardt ist wohl vorbei.

Andererseits stellte ich mir vor, Rudolf Pannwitz hätte – wie einmal schon – einen Abgesandten hergeschickt, ein Autor, dessen Schriften, vor allem seine Krisis der europäischen Kultur, *ich teilweise in jenen schweren letzten Kriegsjahren sehr bewunderte ... Dieser Mensch schickte mir vor Jahren fast täglich lange Briefe ins Haus, manchmal zehnseitige und längere. Schon das Lesen dieser Briefe kostete mich viel zuviel Zeit. Zudem entpuppte der Mann sich als ein unverschämter, manchmal halb irrsinniger Mensch, so daß ich – nachdem ich zuerst jahrelang in Wien für ihn Geld* gesammelt hatte – den Verkehr nach und nach abbrechen mußte. Schließlich der Universitätsprofessor Brecht, dem ich, als er mich nach einer Sommerfrische fragte, den Luftkurort Bad Fusch empfohlen hatte, natürlich bevor ich in der Schweiz auf die Idee gekommen war, selbst hierher zu reisen. Mit ihm unterhalte ich mich manchmal sehr gerne, er verfügt über ein großes literarisches Wissen, aber hier möchte ich ihn derzeit nicht haben. Er und seine liebenswürdige, aber vielredende Frau würden mich zu sehr ablenken.

Schon viel zuviel davon, lieber Herr Krakauer: Eigentlich wollte ich bloß erklären, wie sehr Menschen mich momentan erschrecken, besonders, wenn sie etwas von mir wollen – und damit mein unverzeihliches Verhalten gegenüber der Baronin erklären. Aber zu entschuldigen ist es nicht.

Momente gibt es im Leben, Herr Doktor, die wie Marksteine sind, Augenblicke, in denen uns klar wird, daß nichts wieder so sein wird wie vorher. Man weiß, das Leben wird von nun an in zwei Abschnitte geteilt sein: die Zeit davor und die Zeit danach. Ich hoffe, wir können bald darüber sprechen. Es ist, als trete man plötzlich über eine Schwelle in einen noch geisterhaften Raum, und es bleibt dann nur mehr eine letzte Schwelle zu überschreiten ...

DEM JOSEF REDLICH sollte er endlich schreiben, sich dafür entschuldigen, daß er ihn – von Lenzerheide aus, wie sie vereinbart hatten – nicht besuchen konnte in seinem nahen Feriendomizil Vulpera. Er bat den Kellner um eine weitere Tasse Kaffee und blickte von dem Brief auf, den Paul Zifferer ihm geschrieben hatte. Darin schlug dieser ihm unter anderem eine gemeinsame Marokko-Reise im nächsten Frühjahr vor. Immer mehr Gäste betraten die Terrasse, aber Krakauer und seine Baronin waren nicht dabei.

Auch dem guten Max Rychner mußte er antworten: Was, hatte er in den letzten zwei Wochen mehrmals überlegt, könnte ich ihm geben für seine *Schweizer Rundschau*? In Lenzerheide hatte er gehofft, ein Stück aus dem *Timon* bald so weit fertig zu haben, daß er es jemandem anbieten konnte. Heugeruch wehte vorüber.

Plötzlich zog eine heftige Sehnsucht durch seine Brust, nach dem Arbeitszimmer daheim, der Couch hinter seinem Schreibtisch, dem Garten, dem Salettel, in dem in jungen Jahren so vieles entstanden war. Was für ein Jammer, daß das heimatliche Klima seinem Kopf so zusetzte. Wie einfach wäre alles! Wozu eigentlich der schöne Garten mit all den Blumen im Sommer, an dem er sich seit vielen Jahren kaum erfreuen hatte können?

Als er im ersten Rodauner Sommer in seinem

Garten an drei Nachmittagen die Briefe des jungen Goethe gelesen hatte, um etwas darüber zu schreiben, einen fiktiven Brief, zuerst einmal an seinen Freund Karg von Bebenburg und dann für eine Neuausgabe des Cotta-Verlags. Was für ein Glücksgefühl: Diese jugendfrischen Briefe von einem warmen, ja oft glühenden Empfinden, Sprachkunstwerke waren das, *zum Heulen schön,* wie Max Reinhardt immer sagte. Er bedauerte, keinen Briefband Goethes in seinem Gepäck zu haben. Welches Glück damals, die Verbindung dieser Briefe mit dem liebsten Freund, den er zum Lesen animieren wollte – wer weiß, auf welchem Kriegsschiff und auf welchen Meeren er gerade unterwegs war, schon lange war kein Brief mehr von ihm gekommen. Und der sommerliche Garten. Es gibt ja, hatte er damals gedacht, auf der ganzen Welt keinen besseren Platz, um diese Briefe zu lesen. Und hatte der Gerty, als sie einmal mit der Gießkanne vorbeikam, einige der Briefe vorgelesen.

Das Nachwort zum *Nachsommer,* das er bis zum Spätherbst abliefern mußte. Er griff zu den Aufzeichnungen auf dem Tisch. In der Früh, als er das Konvolut zum *Turm* durchgesehen hatte, waren ihm die drei Blätter untergekommen, auf denen er in Lenzerheide einiges zu Stifter notiert hatte:

Die Leidenschaft und verzückte Schwärmerei wie bei Jean Paul der Urgrund. (Leidenschaft bleibt im Subjekt, statt wie bei Balzac in die Gestalten zu treten.)

Angst vor der Leidenschaft, damit sie den Welten-
spiegel des eigenen Ichs nicht trübe…

Idealbilder durch Auslassen geschaffen: das Fortlas-
sen der Kreuzotter bei Stifter…

Da fiel ihm die Kreuzotter ein, die sich vor
ein paar Tagen auf dem Waldweg totgestellt hatte.
Als er stehen geblieben war, um abzuwarten, was sie
tun würde, schlängelte sie sich schließlich auffällig
langsam – als wollte sie klarmachen, daß dies keine
Flucht war – ins Unterholz. Und wie sie dabei ge-
pfaucht hatte!

ER BEGANN, die korrigierte Fassung des Dialogs
ins Reine zu schreiben.

Griechisch-kleinasiatische Stadt der Verfallszeit.
Man steht vor einer politischen Umwälzung, und
Timon, von dem geredet wird, ist der radikale Führer
der Kleinbürger. Die sich Unterhaltenden sind: Bac-
chis, eine Mimin; Agathon, ein Dichter; Kratinos, ein
Philosoph, und drei Adelige: Palamedes, Periander und
Demetrius… sowie Phanias, ein verarmter großer
Herr.

Phanias: *Ihr werdet einiges erleben. Der Timon*
wird euch das Oberste zuunterst kehren. Er ist das, was
kommt, und mir soll es ein Vergnügen sein.

Demetrius: *Du hältst ihn für einen großen Mann?*

Phanias: *Für einen frechen Bastardköter halte ich ihn. Aber er hat ein Mundwerk, daß sich um ihn das ganze werktätige arbeitsscheue Gesindel sammelt.*

Agathon: *Die Macht des Demos ist ein Geheimnis.*

Bacchis: *Und wie denkst du über die Macht des Demos, mein Lehrer?*

Kratinos: *Mein Denken ist langsam. Wie das Meer reinigt es erst jedes Ding von seinen Selbstverwesungen. Ich glaube, die Macht des Demos ist ein Schein. Sie ist eine von den Verkleidungen des Nichts; wie die Zukunft, der Fortschritt, und das Ich.*

Agathon: *Der Demos trägt den Tyrannen in sich; man muß ihm nur Zeit lassen, ihn zu gebären.*

»WOLLEN SIE an meinen Tisch kommen, Herr Krakauer? Heute wird nichts aus dem Frühstück auf der Veranda... Zuerst einmal muß ich mich nachträglich entschuldigen für neulich. Seither habe ich Sie und die beiden Damen gar nicht mehr gesehen... Wissen Sie, meine Menschenscheu ist mir manchmal selbst unheimlich, aber was soll ich machen? Meine Frau schimpft deswegen oft mit mir. – Ich habe Ihnen einen Brief geschrieben, nein, zwei Briefe – aber einen bloß in Gedanken, während ich zur Fürstenquelle spaziert bin. Daß ich die

Baronin Trattnig verletzt habe, tut mir besonders leid, ich weiß gar nicht, was geschehen ist. Sie hat mich ja bloß gefragt, weshalb in diesem Jahr keine Festspiele stattfinden. Was hätte ich mir vergeben, wenn ich ihr erklärt hätte, die in den Zeitungen kolportierten Begründungen – eine Hauptdarstellerin habe abgesagt, Geldmangel – träfen nicht zu.«

Krakauer massierte mit beiden Händen sein Gesicht und seine Augen, als wolle er sich von etwas befreien.

»Die Hauptursache«, fuhr H. fort, »war vielmehr die katastrophale Lage im ganzen Land. Geldentwertung, Wohnungsnot und Arbeitslosigkeit machen den Einheimischen schwer zu schaffen, und sie können in solchen Zeiten wenig Verständnis aufbringen für Festspiele. Eine gewisse reaktionäre Presse mit dem vielsagenden Namen *Der eiserne Besen* hetzt immer wieder gegen Max Reinhardt. Man hätte jedenfalls befürchten müssen, daß die aus ganz Europa und sogar aus Übersee angereisten, festlich gekleideten Besucher vor dem Festspielhaus von Einheimischen angepöbelt worden wären. Es täte mir sehr leid, wenn Sie und die Frau Baronin unwissend wegen einer Festspiel-Aufführung in die Stadt gereist wären. Bei der nächsten Gelegenheit werde ich mich selbstverständlich bei der Baronin in aller Form entschuldigen. Vielleicht ergibt sich noch heute im Laufe des Tages die Gelegenheit …«

»Nein, nein«, sagte Krakauer, »sie hätte Sie auch nicht so überfallen dürfen auf der Treppe. So ist sie halt. Andererseits kann sie selber ganz schön… unleidlich sein. Es geht ihr nicht gut. Körperlich kräftig wie ein Pferd, aber psychisch äußerst labil. Nun, der Kurarzt hat ihr heilsame Bäder verschrieben und ausgedehnte Wanderungen. Ich selbst kann wenig beitragen. Meine Gesellschaft scheint ihr aber wichtig zu sein. Ich würde Sie gerne einmal mit Elisabeth, ihrer Nichte, bekannt machen, die ich Ihnen gegenüber schon erwähnt habe, wenn ich mich richtig erinnere. Sie ist als Sängerin noch nicht sehr bekannt. Die Frau Baronin ist ihr seit Jahren so etwas wie eine zweite Mutter, wenn sie sie manchmal auch sehr rüde behandelt, wie ich es schon erlebt habe. Elisabeth hatte das Angebot, an die Budapester Oper engagiert zu werden, doch die Baronin erregte sich, als sie davon erfuhr, fürchterlich – das war, bevor ich mich den beiden anschloß… Ich bin sozusagen ihr privater Arzt. Nun, sie kann es sich leisten… Ich lese viel, die Frau Baronin übrigens auch. Sie liebt Rilke, den *Serafico*, wie ihn die Fürstin Thurn und Taxis nennt. Elisabeth allerdings ist zum Gehen nicht zu bewegen, dabei wäre es auch für sie sehr wichtig. Es fehlt ihr halt an passendem Schuhwerk und an warmen Sachen. Aus Salzburg sind wir beinahe *geflohen* – auf einmal wollte die Baronin die Stadt verlassen. Und so werden wir heute oder morgen noch einmal nach Zell am See fahren, um Elisabeth auszustatten.

In der halbleeren *Post* hat sie in ihrem Zimmer Tonleitern üben können. Aber der Baronin konnte man dort nichts recht machen, sogar das Tafelgeschirr und die Servietten fand sie scheußlich. Jetzt, im ziemlich besetzten *Grandhotel*, ist das Singen nicht mehr möglich… Anfang Oktober wird Elisabeth in Bad Ischl als Gräfin Mariza auftreten, die Proben beginnen in fünf Wochen. Ohnehin hält es die Baronin nirgends lange aus, ich habe es Ihnen schon angedeutet. Der gestrige Schlechtwettereinbruch hat uns mit dem Gehen allerdings wieder zurückgeworfen. Der Kurarzt Doktor Schieferer hat mir gesagt, die Sterblichkeitsrate hier in dieser Gegend sei eine der niedrigsten in der gesamten Monarchie. Gewesen. Vor allem soll ja die Ruhe hier, die reine, kühle Luft, und dazu die intensive Sonneneinstrahlung sehr günstig auf die Psyche wirken. Wir haben uns bereits wieder eine Wanderung ausgesucht: zum Hirzbachfall. Dort in der Nähe soll früher nach Gold gegraben worden sein… Auf meiner Karte ist der Ort allerdings nicht verzeichnet.«

H. erwiderte, er habe, da er ja ursprünglich nicht die Absicht hatte, in die Fusch zu gehen, seinen alten Reiseführer für Bad Fusch und Umgebung nicht dabei. Aber der Hotelportier werde sicherlich helfen. Er selbst könne sich nicht erinnern, je bei einem Hirzbachfall gewesen zu sein, hingegen mehrmals beim Kesselbachfall. Sehr zu empfehlen sei die Tour auf die Weixelbachhöhe, die er seinerzeit jedes Jahr unternommen habe. Wandere man von dort noch weiter, so werde der Blick frei ins Seidlwinkltal. Bis Rauris allerdings sei er nie gekommen, das hätte eine Übernachtung erfordert.

Eigentlich, sagte Krakauer und blickte dabei auf seine Uhr, sollte er eine Kanne Tee besorgen für die Baronin, die ihr Zimmer nicht verlassen wolle. Er selber werde dann später... Allein lassen dürfe man die Baronin derzeit nicht.

»Sie sehen blaß aus, Herr von Hofmannsthal. Ich würde gerne Ihren Blutdruck messen. Wenn ich Sie später auf mein Zimmer bemühen dürfte?«

In der Früh, erwiderte er, fühle er sich meistens erschöpfter als am Abend, wenn er sich schlafen lege. Erst nach dem Kaffeetrinken erwache er zum Leben.

»Ich weiß nicht, ob es an mir liegt, daß mir der Tee hier nicht mehr schmeckt. Ich bin halt verwöhnt von der Schweiz...«

»Die Schweiz war auch nicht so dumm, einen Krieg anzufangen«, sagte Krakauer.

H. spürte eine Unlust in sich aufsteigen. Dabei hatte der Herr Doktor zweifellos recht. Und seit er die Memoiren des Conrad von Hötzendorf gelesen hatte, deren erste Bände kürzlich erschienen waren, und jene eines französischen Diplomaten, hatte er mit Grausen begriffen, daß die ganze Schuld am Kriegsausbruch bei den Österreichern und Deutschen lag, alles grauenhafte Dummheit,

Größenwahn, Ignoranz angesichts der politischen Situation... Ein paar Leute in Wien und in Berlin hatten den Tod vieler Millionen Menschen verschuldet.

»Sie haben völlig recht. Es ist, als wollte das Ungeheure irgendwie zum Ausbruch kommen, gleichgültig wie... Jahre vorher schon habe ich gefühlt, etwas sehr Schlimmes werde kommen, unabwendbar... Die südlichen Slawen innerhalb der Monarchie, nicht nur die Serben, auch die Kroaten... Aufruhr, standrechtliche Erschießungen... die Böhmen mit gefletschten Zähnen lauernd, Galizien unterwandert von russischen Agitatoren, Italien ebenso gern Feind wie Bundesgenosse, Rußland dürstend danach einzugreifen... Und im Inneren der Monarchie eine Art von Panik... Jeder hätte es fühlen müssen, daß wir dunklen Zeiten entgegengehen. Ich dachte dabei vor allem an meine Kinder... Entschuldigen Sie, lassen Sie sich nicht aufhalten. Richten Sie bitte der Frau Baronin Trattnig mein Bedauern für meine furchtbare Gedankenlosigkeit aus, es sind meine Nerven...

Wissen Sie, es ist bei mir wie ein neurotischer Zwang, daß ich die Menschen hier meide; jedes neue Gesicht erschreckt mich... Überhaupt halte ich viele Gesichter nicht mehr aus. Es ist eine völlig andere Gesellschaft als vor dem Krieg... Die Auswirkungen werden uns noch lange beschäftigen. Ein guter Freund der Familie, Sebastian Isepp – ja, Sebastian, wie Sie –, ein sehr guter Maler, er hat mehrere Isonzo-Schlachten miterleben müssen, ist zweimal verschüttet worden. Er überlebte, hat jedoch angesichts dessen, was er in dieser schrecklichen Zeit mitgemacht hat, aufgehört zu malen. Seit dem Kriegsende widmet er sich nur noch der Restaurierung von Kunstwerken... Auf irgendeine Weise bin auch ich verschüttet worden, in den letzten Kriegsjahren. Innerlich... sind Dinge in mir verschüttet, und ich finde keinen Zugang mehr...«

»Ich bin sehr begierig, eine Aufführung des *Schwierigen* zu sehen... Ich weiß gar nicht, haben Sie auch früher schon Komödien geschrieben?«

»Nach einem unglücklichen Krieg«, erwiderte er, »hat Novalis irgendwo gesagt, müsse man Lustspiele schreiben... Nein, warten Sie, er hat gesagt, die Darstellung von vergangenen Ereignissen sei ein Trauerspiel und alle Darstellung des Künftigen ein Lustspiel... Nein, man müßte es nachlesen. Ich habe meine Novalis-Ausgabe nicht dabei. Nun, ich weiß ja nicht, ob es je einen *glücklichen* Krieg gegeben hat; selbst wenn einige notwendig gewesen sein mögen. Ja, also ich habe ein paar Komödien geschrieben... zuletzt den *Unbestechlichen*. Eigentlich nicht der Rede wert, ein Konversationsstück, das ich so nebenbei gemacht habe, aber dem Wiener Publikum hat es gefallen, im vorigen Jahr.

So, ich werde jetzt einen Spaziergang machen«, sagte er, während Krakauer wieder seine Taschenuhr hervorzog. »Zu regnen wenigstens scheint es aufgehört zu haben. Ich hoffe, es gelingt mir, heimisch zu werden. In meiner Arbeit meine ich natürlich. Wenn ich in meinem Zimmer bin, meinen Tisch ans Fenster rücke, über meinen Papieren sitze, aufs Kreuzköpfl schaue – dessen äußerste Spitze übrigens seit gestern wieder weiß ist –, dann bin ich selbstvergessen, in der Fusch von früher. Verlaß ich dann das Zimmer, steige ich die Stufen hinunter, erreiche das Foyer, dann wird mir bewußt, was alles sich verändert hat.

Ich gestehe, die Sehnsucht nach Aussee ist groß. Hätte meine Frau nicht heftig davon abgeraten, wäre ich wohl schon abgereist. Dabei weiß ich aus Erfahrung, daß sich dadurch nichts ändern würde. Vor Mitte August hätte ich keine Ruhe in unserem kleinen Haus dort. In der Kammer im Nebenhaus, meinem Arbeitszimmer, schläft meine Tochter. Das sollte mich nicht stören, ich arbeite ja tagsüber... Aber jede fremde Gegenwart – und wenn ich schreibe, ist mir sogar meine Frau eine Fremde – irritiert die Phantasie und das Assoziieren... Eine geringfügige Störung, und ein ganzer Tag kann mir verlorengehen... Die Wirklichkeit macht unserer Phantasie unentwegt einen Strich durch die Rechnung, nicht?«

Krakauer schaute neuerlich auf seine Uhr und sagte, er habe die Jahre ab neunzehnhundertzwölf in New York bei seinem Onkel verbracht, auf der *Columbia University* sein Studium begonnen. Nach drei Jahren habe er eigentlich zurück wollen nach

Wien – habe aber dann doch sein Studium in den Vereinigten Staaten abgeschlossen.

»Wir müssen bitte über Ihren *Zurückgekehrten* reden – verzeihen Sie, Herr von Hofmannsthal, ich *würde* es sehr gerne, weil ich… Ich habe mich anfangs nur sehr schwer an das ärmlich gewordene Wien gewöhnen können, und wie für Ihren Zurückgekehrten haben sich für mich die Menschen ungemein verändert…«

Ein Kellner erschien, übergab Krakauer ein Tablett mit einer Teekanne und zwei Tassen. Er habe sich anfangs nur sehr schwer an das ärmlich gewordene Leben in Wien gewöhnen können, wiederholte Krakauer.

AUF EINMAL fühlte er sich imstande, Harry Kessler den Brief zu schreiben, den er schon lange hatte schreiben wollen. Wie sehr hatte er sich gefreut, daß der Graf Kessler im letzten Herbst ihr langes Schweigen gebrochen und ihm, von einer Schiffsreise aus, einen so berührenden Brief geschrieben hatte… Der unmittelbare Anlaß war offenbar ein Besuch des Grabes von Karl I. in Funchal gewesen, wo der unglückliche Monarch vor zwei Jahren verstorben war…

Mein Lieber… Wie sehr fehlt mir gegenwärtig ein überlegener, zupackender Geist wie Deiner für hilfreiche Gespräche… Nachdem ich die Neufassung des Turms *in der Schweiz so ziemlich abschließen konnte, beschäftige ich mich zur Zeit mit der von Richard Strauss angeregten politischen Komödie, welche im dritten Jahrhundert in Athen spielt. Davon habe ich Dir seinerzeit in Berlin einmal erzählt. Jene Gespräche mit Dir während unserer gemeinsamen Arbeit am* Rosenkavalier *waren einzigartig; die Bedeutung Deiner Einfälle, Deiner Kritik ist mir erst viel später…*

Plötzlich wurde ihm klar, warum dieses so lange bestehende freundschaftliche Verhältnis mit Kessler nicht halten konnte: Seine empfindlichen Nerven hatten das hitzige, angespannte Temperament Kesslers immer weniger ertragen können. Er konnte auch nicht vergessen, was Eberhard von Bodenhausen ihm einmal in einem vertraulichen Gespräch mitgeteilt hatte: Kessler sei der Ansicht, er, H., habe *gar kein konstruktives Talent, um eine dramatische Handlung zu erfinden und zu ordnen, und deshalb lehne er sich an vorhandene Szenarien an.* Sei aber ein wirksames Szenario vorhanden, so habe Hofmannsthal die Gabe, dieses in wunderbarer Weise lyrisch zu beseelen, den Figuren und Situationen Leben einzuhauchen…

Das freut mich aber, hatte er gedacht, daß der Graf Kessler mir ein lyrisches Talent zuschreibt – während ich selber immer öfter fürchte, meine lyrische Gabe zu verlieren. Vor Jahren war er auf ein

Wort von Hegel gestoßen, dem er teilweise zustimmen konnte. Es hieß sinngemäß, der lyrische Dichter sei die exemplarische Verkörperung des jungen Menschen, der von den Hochflügen seiner Seele berauscht sei. Die Adoleszenz sei die Zeit, in welcher der Mensch, auf sich selbst bezogen, unfähig sei, sich seiner Umwelt ungetrübt bewußt zu werden. Und sobald der Künstler die Schwelle von der Unreife zur Reife überschreite, verlasse er oft auch den Bereich des Lyrischen für immer. Als Ausnahme fiel ihm sofort Valéry ein, der, gleich alt wie er, vor kurzem die umfangreiche Gedichtsammlung *Charmes* veröffentlicht hatte.

AUF DEM Rückweg von der Fürstenquelle näherte er sich dem Autoabstellplatz am Ortseingang, wo er unlängst die dort geparkten Automobile besichtigt hatte. Ein *Maybach*, wie Carl einen besaß, war nicht dabei. H. fuhr gerne im Automobil, ließ sich – wie auch seine Frau – gerne chauffieren, jedoch auf der Fahrt von Lenzerheide ins Bergell hatte er sich manchmal gefürchtet vor den Schluchten, den Abgründen, so knapp an den Rändern der kurvigen Straßen; auch war ihm von den vielen Kurven mehrmals schlecht geworden, sie hatten pausieren müssen. Ein Wagen mit Chauffeur, dachte er, da müßten meine finanziellen Verhältnisse sich noch sehr bessern. Das Honorar für die Uraufführung der *Alkestis* im März war zum größten Teil für die Italienreise draufgegangen. Große Hoffnungen hatte er auf die Verfilmung des *Rosenkavaliers* gesetzt, aber die Verhandlungen liefen zäh. Dabei war ihm völlig klar, daß eine Übersetzung des Librettos ins amerikanische Englisch unmöglich war, daß am Ende etwas völlig anderes herauskommen mußte und er, im Kino sitzend, vor Entsetzen zu weinen anfangen würde.

Er hatte zuerst den Doktor Krakauer gar nicht erkannt, als dieser, mit Lederhaube und hochgeschobener Autobrille, in der Hand eine Reisetasche, ihm zugewinkt hatte. Im Automobil mit dem zurückgeklappten Verdeck saß eine Dame, vermummt, ebenfalls mit Brille. Krakauer erhob sich, stieg aus, knöpfte den braunen Ledermantel auf. Sie müssten wieder hinunter, der Frau Baronin ein paar Sachen bringen. Sie wären den ganzen Vormittag im Krankenhaus gewesen.

»Ach so, Sie wissen vielleicht noch gar nicht – die Baronin wurde von zwei einheimischen Burschen gestern mittag im Wald aufgefunden, sie hat eine Nacht im Freien verbracht. Nun geht es ihr schon wieder besser, körperlich… Eine furchtbare Geschichte, wir haben sie gestern überall in der Umgebung gesucht.

Und vorhin hätte es am Ortsrand von Zell am See beinah einen bösen Unfall gegeben. Hätte ich nicht so blitzschnell reagiert, hätte uns ein *Mercedes* vor der Kirche noch viel wuchtiger gerammt. Das Kotblech vorne rechts eingedrückt, der Reifen Gott sei Dank nicht beschädigt...«

Um weiterfahren zu können, hätten er und der Chauffeur des *Mercedes* mit vereinten Kräften das dicke Kotblech ausbeulen müssen.

Krakauer nahm die Haube ab, strich sich die Haare zurecht. Er würde sich freuen, wenn sie wieder einmal zum Reden kämen. Zum Lesen habe er seit Tagen keine Zeit gefunden. Dabei würde er sich gerne ausführlicher mit dem *Zurückgekehrten* beschäftigen. In Salzburg habe er in der Buchhandlung am Residenzplatz einen Prosaband mit dem vollständigen Text bekommen. Den Band aus der Werkausgabe werde er H. demnächst zurückgeben.

Er blickte sich um.

»Wie soll ich es sagen? Es ist absurd, aber die Frau Baronin ist eifersüchtig auf Sie, Herr von Hofmannsthal. Bloß weil ich zweimal für sie nicht gleich erreichbar gewesen bin! Es ist mir so peinlich! Wir sind zwei Tage in Salzburg gewesen – vielleicht habe ich es schon erwähnt: Die Frau Baronin ist mit dem Besitzer des Hotel *Stein* weitläufig verwandt. Ein interessanter Mensch, hat ein *Faust*-Büchlein herausgegeben. Also der Blick von der Dachterrasse des Hotels auf die Altstadt ist tatsächlich sehr eindrucksvoll.

Wir müssen über Ihre *Briefe des Zurückgekehrten* reden... Verzeihen Sie... Ungern möchte ich Ihre

Freundlichkeit überbeanspruchen. Ich wiederhole mich, aber es würde mich wirklich sehr freuen.

Wir sind mit der Standseilbahn auf die Festung hinaufgefahren; mit uns in der Kabine war ein amerikanisches Ehepaar, das heißt, die Frau war Amerikanerin, möglicherweise sehr vermögend – wir haben uns später im Restaurant oben wieder getroffen. Der Mann stammt aus Graz, nicht mehr jung, war seit fünfundzwanzig Jahren nicht mehr in Österreich... Entschuldigen Sie!

Das ist die Elisabeth, ich weiß gar nicht, ob Sie sich schon... Baronin Elisabeth von Trattnig, sie wird hoffentlich einmal die Opernbühnen erobern.«

H. reichte ihr die Hand. Sie schien zurückhaltend. Eine Art leichter Wetterfleck, Lodenrock, gemustertes Seidenhalstuch, Mütze, hochgeschobene Autobrille.

»Ihr Vorbild ist die Maria Jeritza«, setzte Krakauer hinzu.

»Ach, interessant«, sagte H., »mit der Jeritza hatte ich oft schon zu tun. Sie hat ja unter anderem meine *Ariadne* gesungen...«

»Ich weiß«, sagte Elisabeth, die nun aus ihrer Erstarrung zu erwachen schien.

»Wir sind ja alle Zurückgekehrte, nicht wahr?« sagte H. und nahm den Hut ab, um sich zu verabschieden. »Eben bin ich von einer Wanderung zurückgekehrt, werde demnächst in mein Aussee zurückkehren, und Anfang November werde ich voraussichtlich nach Wien zurückkehren, nach Rodaun. Als ich hier ankam, in den ersten zwei, drei Tagen, hab ich mich überall als ein Zurückgekehrter gefühlt, auf allen Wegen – mit denen ich mich erst wieder vertraut machen musste, den Bänken und Brunnen und Wäldern. Vieles war mir zuerst fremd, und manches ist mir bis heute fremd geblieben... Es ist halt so lange her. Vieles ist inzwischen neu gebaut worden oder umgebaut... Und Sie sind gerade aus Zell am See zurück – auch keine Kleinigkeit, die Fahrt hier herauf, mit dem Automobil, stelle ich mir vor. Morgen möchte ich mit dem Postautobus hinunterfahren, und am Nachmittag werde ich wieder zurückkehren.«

»Ich muß dann heute später sicherlich noch einmal hinunter«, rief Krakauer, indem er sich umdrehte, »falls Sie mitfahren möchten?«

»Heute nicht«, sagte H., »ich muß mich an den Schreibtisch setzen, es nützt nichts. Liebend gerne würde ich jede Ablenkung willkommen heißen... Ach, ich habe vergessen, ich will ja zur Post, einen Brief einwerfen.« Und dabei näherte er sich Krakauer wieder.

»Ich las Ihr *Gespräch zwischen Balzac und Hammer-Purgstall*«, sagte Krakauer, nachdem er einen Riemen am Rücksitz festgeschnallt hatte. »Die Geschichte mit dem Maler Frenhofer fasziniert mich sehr, besonders die Stelle« – er blickte sich um, dämpfte seine Stimme –, »wo der junge Poussin ihm seine hübsche junge Geliebte als Modell anbietet, als Opfer für die Kunst gewissermaßen, weil Frenhofer behauptet hatte, es gebe keine Frauen mehr mit einem vollkommen schönen Körper… Sagen Sie, in welchem Werk Balzacs finde ich diese Frenhofer-Geschichte?«

H. setzte seinen Hut wieder auf.

»Sie müßte in einem der Bände der *Comédie humaine* stehen«, sagte er. »Zu Hause in Rodaun hab ich eine hübsche Einzelausgabe… Es ist ja auch eine Auseinandersetzung zwischen der akademischen, klassizistischen Malerei und der romantischen. Ja, eine wunderbare Künstlernovelle. Ich weiß gar nicht mehr, welchen Stellenwert sie in meinem Dialog haben soll…«

ER BLÄTTERTE im zweiten Band seiner kürzlich erschienenen Werkausgabe, welchen der Portier ihm ausgefolgt hatte, mit der Visitenkarte des Doktor Krakauer. Er fand im Inhaltsverzeichnis des Bandes die *Briefe des Zurückgekehrten* nicht, dann fiel ihm wieder ein, er hatte für diese Ausgabe bloß zwei Abschnitte aus diesen Briefen übernommen, unter dem Titel *Die Farben.* Das Thema der Wahrnehmung war ja das Zentrale dieser fiktiven Briefe, das Farberlebnis des Zurückgekehrten.

Wie war er bloß am Vorabend dazu gekommen, der Alma Mahler zu schreiben? Er zerknüllte die beiden Blätter, die von dem Henry-James-Band beschwert waren, und dazu auch den Zettel vom Kubin, den handschriftlich kopierten, fast unleserlichen Kettenbrief. Verrückter Kerl, dieser Kubin. Wie kam der bloß dazu, ihn zu so etwas aufzufordern: *Innert vierundzwanzig Stunden neunmal abschreiben und an neun Personen Ihrer Wahl weiterschicken.* Hatte der Mensch nichts anderes zu tun?

Aber der Brief von Christiane aus Aussee hatte seine Stimmung gehoben. Wie schaffte sie das bloß immer? Sie schrieb über ihre Lektüre von Stendhals *De l'Amour.* Jetzt verstehe sie das Buch endlich, mit zwölf Jahren habe sie es heimlich gelesen und nichts damit anfangen können. Und über die *Gefährlichen Liebschaften* des Choderlos de Laclos – diesen Roman habe sie nach hundertfünfzig Seiten aufgehört zu lesen... Über ihre Freundschaft mit dem Thankmar von Münchhausen... Dann gab's noch einen Walter Tritsch...

»Papa, warum versuchen die Männer immer wieder, eine Grenze zu durchbrechen?« hatte sie ihn einmal gefragt, als sie aus Berlin daheim angerufen hatte. Seit einiger Zeit brauchte er sich um Christiane nicht mehr zu sorgen, Gefühl und Verstand hatten sich bei ihr sehr schön entwickelt.

Er griff nach dem aufgeschlagenen Erzählband von James, einen Satz hatte er angestrichen: Daß das Reisen eine *moderne Demütigung* sei, *immer die*

laut schwätzenden Leute, ihr rüpelhaftes, rücksichtsloses
Benehmen, ihr herdenhaftes Auftreten …

Die gute Alma Mahler. Immer wieder einmal erinnerte er sich an ihre Begegnung vor vielen Jahren – Gustav Mahler hatte damals noch gelebt – im Foyer der Wiener Hofoper; sie hatte ihm etwas gesagt, ein Ballettszenario von ihm betreffend, welches von Zemlinsky immer noch nicht realisiert worden war. Sie hatte ja selber Ambitionen kompositorischer Art, hatte er gedacht, naja … Aber wie sie da beinah herausfordernd vor ihm gestanden war, ihm gewissermaßen ihre voluminösen Brüste entgegengestreckt hatte, ein erotisches Wesen, wie er selten einem begegnet war. In den letzten Jahren hatten sie sich aus den Augen verloren.

Das Kreuz tat ihm weh, er drückte seinen Rücken gegen die Stuhllehne. Keine Zeile geschrieben, nur einige Notizen, die vielversprechend waren. Auf dem Bett lagen ausgebreitet Manuskriptblätter vom *Turm*. Den fünften Akt, der sich so lange gewehrt hatte, wenigstens hatte er in Lenzerheide vollenden können. In Aussee würde er ihn der Gerty vorlesen.

SEIT DEM Krieg, fiel ihm ein, lag in den Wiener Kaffeehäusern kein *Prager Tagblatt*, keine *Czernowitzer Morgenzeitung* mehr auf. Im Restaurant flackerten die Tischkerzen in Jugendstil-Kandelabern. Ihr unruhiges Licht fiel auf die Gesichter des Ehepaars am Nebentisch, das er schwer aushalten konnte. Der Mann mit einer fürchterlichen Imitation eines Kaiser-Franz-Joseph-Barts, die Frau mit einer Art Goldhauben-Kopfbedeckung und einer riesenschlangenartigen Boa aus lauter kleinen weißen Federn.

»Heute abend leider wieder einmal kein elektrisches Licht«, hatte ihm der Ober beim Eintritt in den Saal zugeflüstert.

H. überlegte, ob er ihm sagen sollte, daß es hier ziehe, er möge nachsehen, ob die Tür zur Terrasse geschlossen sei. Auf dem Veloursüberzug des zweiten Stuhls am Tisch lag der Teil der Post, den er in seinem Zimmer nicht hatte öffnen wollen, den er hernach im Rauchzimmer durchsehen wollte, beim schwarzen Kaffee.

Den Brief der Ria Schmujlow-Claasen aus dem Bayerischen Wald hatte er überflogen. Die alte Freundin fühlte sich krank. Ihre Wohnung in München lösten sie jetzt endgültig auf, sie würden nach Rom übersiedeln. In Palermo war er Ria zuletzt begegnet, in diesem Frühjahr. Wie sehr berührte ihn ihr Schicksal: Weil ihr Mann Ausländer und Sozialist war, war eine Heirat in Deutschland seinerzeit nicht genehmigt worden, sie hatte in London stattfinden müssen. Zu Beginn des Krieges war Wladimir dann aus Deutschland ausgewiesen worden... Er fühlte sich gegenwärtig nicht imstande, auf ihren Brief gebührend zu antworten, steckte ihn ins Kuvert zurück. Von der Ottonie aus Bayern seit vielen Wochen kein Sterbenswort.

Für die nächsten zwei Tage, hatte der Portier ihm mitgeteilt, bleibe der Barometerstand niedrig; dann allerdings sei endlich hochsommerliches Wetter im Pinzgau zu erwarten, auf längere Zeit. Jetzt nützt es mir nichts mehr, dachte er, in drei, vier Tagen spätestens reise ich ab. Er schob den leeren Suppenteller von sich. In der letzten Nacht, als er lange wach gelegen war, hatte er überlegt, durch den Portier einen Lohnkutscher aus Bruck oder Zell am See herauf zu bestellen, und dann nach einem frühen Frühstück einfach abzureisen. Er hatte von einem Lawinenabgang in Fusch geträumt, von Schneemassen, die sich heranwälzten und alles verschütteten. Ich, hatte er gedacht, ich habe ja nie eine Lawinenkatastrophe erlebt, aber er hatte am Abend in dem alten Reiseführer aus der Bibliothek geblättert und über die schrecklichen Unglücke im vorigen Jahrhundert gelesen. Wie oft hatten die Hotels wieder neu errichtet werden müssen! Und wie soll ich mich durch diese zwei weiteren Schlechtwettertage bringen? Bei meiner derzeitig immer noch versagenden Phantasie, ja, bei meiner völligen Unlust, auch nur einen Brief zu schreiben.

Das Ramgut der Oppenheimer in Altaussee fiel ihm ein, mit dem Schreibzimmer, der großen Bibliothek – wie lange war das her, daß er dort bis weit in den Oktober hinein gearbeitet hatte? Die gute Yella... Aus Lenzerheide hatte er ihr geschrieben; er wußte nicht, ob und wann sie mit ihrer Familie diesen Sommer in Aussee sein würde. Mit dem Felix hatte er sich seit langem auseinandergelebt, dafür immer vertrauter mit seiner Mutter, mit Yella, die auch für ihn zu einer Art Mutter geworden war. Wie viele Jahre hatte er sein Zimmer gehabt in dem bäuerlichen Herrenhaus, in dem er auch schlief, wenn er manchmal bis tief in die Nacht hinein gearbeitet hatte. Das Mobiliar des Hauses, das die Räume zusätzlich verdunkelte, so daß man bei schlechtem Wetter sogar tagsüber eine Lampe am Schreibtisch anzünden mußte. In diesem Zimmer hatte er den *Florindo* vollendet. Wann hatte er dieses Haus zum ersten Mal betreten?

Wie war es, als mein Vater so alt war wie ich jetzt? Er rechnete zurück, neunzehnhundertvier... Alles zog an ihm vorüber... Wie viele Jahre hatte er dann noch zu leben? Neunzehnhundertvierzehn..., und jetzt neunzehnhundertvierundzwanzig. Was war inzwischen alles geschehen!

Er ließ die Hälfte des Schnitzels auf dem Teller. »Heute keine Nachspeise«, sagte er zum Kellner. Sobald dieser abgeräumt und das Tischtuch glatt gestrichen hatte, griff er nach der Post und legte sie sich zurecht. Zuerst las er noch einmal den kurzen Brief von seiner Frau, den sie beigelegt hatte. Sie machte ihn erneut darauf aufmerksam, daß er eventuell Besuch in der Fusch bekomme, ein Student aus dem George-Kreis, Bekannter von Rudolf Borchardt, der vermitteln wolle in dem Konflikt. Sie jedenfalls habe niemandem mitgeteilt, wo er sich derzeit aufhalte. Bekannter von Borchardt? Er mochte sich nicht vorstellen, daß dies vom Rudolf ausging. Er hatte vor kurzem mit Carl über diese leidige Sache geredet. Und einmal, in der Früh, hatte er überlegt, in welcher Form er sich bei Borchardt entschuldigen könne, ohne sich zu entschuldigen. Im Grunde war er ja der einzige ernstzunehmende Autor und Kritiker, von dem er sich, was seine Arbeit betraf, verstanden fühlte. Aber es war ja von Anfang an so gewesen, daß Anziehung und Abstoßung sich die Waage gehalten hatten.

Er überlegte, sich auch bei Carl zu entschuldigen wegen seiner überstürzten Abreise aus Lenzerheide. Es fiel ihm ein, daß er am ersten Abend schon abreisen hatte wollen, weil der junge Direktor des *Parkhotels* ihm unheimlich gewesen war. Dabei hatte das Haus ihm bei der Ankunft so gut gefallen, daß er sich vornahm, im nächsten Jahr wieder zu kommen.

Werde ich langsam verrückt? dachte er. Was macht die Arbeit an den Theaterstücken aus mir? Den wahren Grund für den Abbruch meines Aufenthalts habe ich ja nicht einmal dem Carl sagen können! Der Tag, als er sich nach dem Frühstück bei Carl für seine schlechte Laune auf der Fahrt nach Davos entschuldigte. In Davos hatten ihn während eines Rundgangs die vielen Bestattungs-Unternehmen, die vielen Sarggeschäfte erschreckt. Vor dem Frühstück, als er auf Carl gewartet hatte, hatte er eine Berner Zeitung in die Hand genommen, darin geblättert, bis er auf einer Seite hinten auf drei kurze Prosadichtungen von Robert Walser gestoßen war. Und plötzlich war ihm gewesen, als stürze alles ein. Bloß weg hier, hatte er immer wieder gedacht, ich halte es hier nicht mehr aus! Besonders ein Satz war ihm bis zum heutigen Tag unvergeßlich: *Wann ging die feine Stäubung des Schmetterlings in mir verloren?* Kurz danach war der Carl zum Frühstück erschienen, entschuldigte sich für die Verspätung, fragte ihn, wie er sich heute morgen fühle, und gleich darauf war H. ein Löffel aus der Hand gefallen.

Der Gedanke in dem Moment über dem Zeitungsblatt: Aus! Schluß! Es hat keinen Sinn! Das Stück, den *Timon,* sein lassen und einfach Ferien machen, so gut es geht, hier im *Parkhotel* auf der Terrasse sitzen, Kaffee trinken, Tee trinken, Zeitungen, ein Buch lesen, spazierengehen, ein paar Briefe schreiben, langes Mittagsschläfchen; nachmittags bei der ärgsten Hitze auf dem Zimmer bleiben oder auf einer Bank im Wald etwas lesen…

Das Gespräch mit Carl hatte ihn dann etwas

beruhigt, und er sagte sofort mit Freuden zu, als dieser vorschlug, bald einmal nach Soglio ins Bergell zu fahren, gleich zeitig in der Früh.

BEIM RONDELL mußte er zur Seite treten und einem kleinen, schaukelnden, von einer jungen Dame gelenkten Automobil ausweichen.

Wann war das? überlegte er. Als er im Winter in dem Palais in der Berliner Wilhelmstraße unerwartet auf Borchardt getroffen war, der dort während eines Fronturlaubs für Walther Rathenau einen Vortrag hielt. Neunzehnhundertsechzehn? Damals, als er mehrere Wochen dienstlich für das Außenministerium in Berlin war, hatte er endlich einmal ausgiebig Gelegenheit zu Gesprächen mit Max Reinhardt gehabt, die ihn ungemein belebt hatten. In wenigen Tagen hatte er in seinem Zimmer im *Adlon* ein paar Sachen geschrieben, ein Ballett nach Molières *Eingebildetem Kranken*, ein Raimund-Stück bearbeitet, und die *Lästigen* – als Stück von Molière angekündigt, jedoch von ihm verfaßt... Ein weiteres Ballett, *Die grüne Flöte,* schließlich. Auch hatte er für Reinhardt alle diese Sachen für die Aufführungen einzurichten gehabt... Adaptionen, Pantomimen... Auf einmal war er so im Arbeiten gewesen, daß ihm auch die Neufassung des Molièreschen Vorspiels zur *Ariadne*, der neuen Fassung für die Aufführung an der Wiener Hofoper im Oktober, gut von der Hand gegangen war.

VON IRGENDWO her war Gesang zu hören, aus irgendeinem Fenster, eine Frau übte Tonleitern – das mußte die Elisabeth… Er blieb stehen, nahm den Hut in die Hand, wischte sich den Schweiß von der Stirn. Jedenfalls waren sie also noch hier. Er war Krakauer in den letzten zwei Tagen nicht begegnet. Jetzt die berühmte Arie aus *La Traviata*. Weshalb erinnerte sie ihn an die erschreckende Stelle aus *Othello*, an den Abend auf dem Schönenberg beim Carl daheim, kürzlich, ein paar Tage, bevor sie aufgebrochen waren nach Lenzerheide? Mittendrin hatte er Carl gebeten, die Nadel seines Grammophons von der Platte zu heben und die Arie des Jago noch einmal abzuspielen: *Credo in un dio crudel che m'ha creato simile a sé…* Er hatte herausfinden wollen, was ihn so furchtbar erschreckt hatte; beim zweiten Anhören jedoch wiederholte sich das Erschrecken nicht mehr. Carl hatte angeboten, seine Schwester um das Textbüchl zu bitten, er wisse, daß sie eine Ausgabe bei ihren Musiksachen habe. Dann könnten sie die ganze Passage aus dem zweiten Akt nachlesen.

Er überlegte, falls es zu einer Begegnung kam, die Baronin zu fragen, ob sie gelesen habe, was heute im *Salzburger Volksblatt* stand, von der fürsterzbischöflichen Reitschule in Salzburg, welche derzeit umgebaut werde zu einer Aufführungsstätte für die Festspiele. Daß im Zuge dessen viele Arbeitsplätze geschaffen worden waren und dies den Unmut gewisser Kreise der Bevölkerung etwas gemildert habe. Er hatte die Bank an der Kirchenmauer erreicht. Wieder der Gedanke, die restlichen Tage hier in der Fusch die Mappe mit dem *Timon* nicht mehr aufzuschlagen. Gerne sagte er sich immer wieder einmal, der Krieg, die lange Unterbrechung sei mit eine Ursache dafür, daß er an seinen geplanten Arbeiten scheiterte, vor allem am Roman.

Die Ottonie war damals, vor vielen Jahren, tatsächlich sehr beeindruckt gewesen, als er ihr in Hinterhör an einem Nachmittag eine Stunde lang von den Abenteuern des Andreas Ferschengelder aus seinem Romanfragment vorgelesen hatte. Oft war er ihr in Gedanken so nah, wie er kaum je einem Menschen gewesen war; begegnete er ihr dann in Neubeuern, erschien sie ihm manchmal beinah als eine Fremde, und manchmal war er froh gewesen, wenn die Gerty mitgekommen war, die seine Erstarrung bemerkte und mit ein paar Sätzen löste. Natürlich, Ottonie hatte unendlich viel zu tun, all die Kinder, die sie während der Kriegsjahre betreute. Aber nicht nur Kinder waren in Hinterhör untergekommen, auch Kriegsverletzte, Flüchtlinge, und um alle mußte sie sich kümmern.

IN AUSSEE, nahm er sich vor, werde ich dem Rudolf Borchardt schreiben. Was fährt bloß immer in mich? Auch mit dem Zifferer, dem ich soviel verdanke, hätte ich es mir wohl verdorben, wenn er nicht so ein loyaler Mensch wäre. Aber ich mußte ihm etwas sagen zu seinem *Kaiserstadt*-Roman, ein Schweigen hätte ihn ebenso gekränkt. Und ich hab mich nun einmal seit langem entschlossen, den Leuten, die mir ihre Bücher schicken, unverfälscht meine Meinung zu sagen, sobald ich sie gelesen habe. Der Roman von Zifferer, dachte er, würde sich ja geradezu anbieten als ein Fortsetzungsroman im *Interessanten Blatt*. Viele Schriftsteller, schien ihm, würden den letzten Wunsch einer Epoche erfüllen, wo diese schon einen neuen hatte ...

Eine Dame, die an ihm vorbei die Kirche betrat, nickte ihm freundlich zu. Jetzt fiel ihm das Wort *Espadrillos* ein, das er gestern gesucht hatte, als er eine Szene für den *Timon* skizziert hatte. Die weißen Espadrillos dieser Dame passten allerdings überhaupt nicht zu ihrem Dirndlkleid mit der dunkelgrünen Schürze. Auf den verfugten Steinplatten geschäftige Ameisen: War das nicht ein schlechtes Zeichen für die kommenden Tage? Die ersten Blätter waren schon von der riesigen Buche gefallen; vielleicht waren es die heftigen Winde am Vortag.

Damals, als er jung war: Gedichte waren auch bei schlechtem Wetter, bei niedrigem Barometerstand entstanden... Joseph Conrad fiel ihm wieder ein, dessen Erinnerungsbuch *A Personal Record* er vor ein paar Jahren gelesen hatte. Niemals, hatte er damals gedacht, wär ich imstande, ein Buch über mich zu schreiben... In der kleinen Bibliothek des Hotels, in der er sich kürzlich umgesehen hatte, stand *The Secret Agent*. Schon in seiner Jugend hatte er den Eindruck gehabt, diese Bibliothek bestehe hauptsächlich oder sogar ausschließlich aus Büchern – gelesen oder ungelesen –, die von Gästen zurückgelassen worden waren. Auch er selbst, erinnerte er sich, hatte Bücher, die er aus Wien mitgenommen hatte und nicht mehr zu lesen beabsichtigte, hinterlassen. Sogar Doubletten eigener Werke hatte er dort deponiert. Vor ein paar Tagen hatte er ein kleines englischsprachiges Buch entdeckt, von dem er sicher war, daß es vor vielen Jahren ihm gehört hatte: *The Strange Case of Dr. Jekyll and Mr. Hyde and Other Stories.* Hatte er es damals versehentlich liegengelassen oder es der Bibliothek spenden wollen? Er sah auch die Elegien von Saar, das hübsche kleine Taschenbuch mit dem roten Einband. Es hatte keinen Namenseintrag. Nein, den Stevenson hatte er sicherlich nicht mit Absicht zurückgelassen.

Er nahm das Bändchen an sich, verspürte Lust, die Erzählung wieder zu lesen. Jetzt fiel ihm ein, daß er seinerzeit in der Fusch vom Ableben Robert Louis Stevensons aus der Zeitung erfahren hatte; der Vater hatte sie ihm im Lesesaal herübergereicht. Merkwürdig, daß die großen Autoren immer in den Sommermonaten zu sterben schienen. Ein heftiger Schreck duchfuhr ihn: Hatte er die Nachricht, die er kürzlich erhalten hatte, Walter Benjamin sei an Krebs erkrankt, so verdrängt, daß er in den letzten Tagen nicht mehr daran dachte? Und auch nicht an Benjamins wunderbaren Aufsatz über Goethes *Wahlverwandtschaften*, den er so bald wie möglich in seiner Zeitschrift *Beiträge* veröffentlichen wollte? Wie hatte er sich gefreut auf eine Begegnung mit dem jungen Autor, den ihm Florens Christian Rang empfohlen… Wie unüberlegt: Die Nachricht von der schweren Erkrankung betraf nicht Benjamin, sondern Rang, war freilich deshalb nicht weniger erschütternd gewesen.

WIE DER Weixelbach von den Höhen herunterbrauste, schäumte, in sich überlagernden, wallenden Schüben! Wie oft war er schon hier auf der Brücke gestanden, an diesem manchmal unheimlichen Ort, rechterhand beschattet von dem weitläufigen hohen

Mauerwerk, der Rückseite des *Grandhotels*, links von der steilen Böschung, an der hinauf – kaum zu glauben, daß sie hier wurzeln konnten –, Fichten dicht aneinandergedrängt in die Höhe wuchsen. Unter der Brücke, auf der er stand, toste der Wildbach den Berg hinunter, floß im Tal drunten in die Fuscher Ache, die bei Bruck in die Salzach mündet, diese in den Inn, der Inn in die Donau, und die Donau schließlich ins Schwarze Meer.

So bin ich, fiel ihm ein, mit Carl auf einer etwas größeren Brücke gestanden, in Lenzerheide; der breite Bach dort war jedoch unendlich friedlich dahergekommen, spiegelglatt die Oberfläche, beinah schien er bewegungslos, und sie hatten sich dabei wieder über das Werk Oswald Spenglers unterhalten, und er hatte gesagt, daß er die Thesen Spenglers mitten im Krieg, als er den *Untergang des Abendlandes* zum ersten Mal gelesen hatte, nicht teilen, seinen Rigorismus und Fatalismus nicht hatte akzeptieren können. Einzelnes jedoch, hatte er hinzugefügt, überzeuge ihn, manches habe er übernommen in seine Notizen für den *Timon*. Jetzt, sieben, acht Jahre später, scheine ihm manchmal, wenn er sich umsehe, wenn er die Zeitungen lese, Spengler könnte doch recht haben, unsere Epoche sei eine der Spätzeit, eine seelenlose, kunstlose Zeit, in der das Geld herrsche und alles vom Geld entschieden werde. Manchmal, hatte er zu Carl gesagt, habe er sich überlegt, ob er den *Timon* nicht längst aufgegeben hätte, wenn er das Werk Spenglers nicht gelesen hätte. »Mir scheint«, hatte er hinzugefügt, »Spengler bestätigt meine Weltsicht, meine Beobachtungen; in manchem stimmen wir überein, das beflügelt mich.«

»IHR BLUTDRUCK ist eindeutig zu hoch«, sagte Krakauer. »Darf ich fragen, wie viele Tassen Kaffee Sie am Tag trinken?« Er legte das Gerät aufs Bett, blickte auf das Nachtkästchen, auf dem einige Bücher lagen.

H. schüttelte den Kopf.

»Ich fühle mich schon seit Jahren als eine Art Invalide. Meine Nerven sind rascher gealtert als meine Physis, ein Erbteil meiner Mutter… Ich bräuchte *Another Go*, einen neuen Anlauf… Dieses Wort, das mir immer wieder im Kopf herumgeht, hat mein Sohn Raimund aus England mitgebracht. Er hat damit seinen älteren Bruder Franz aufzurichten versucht, dem es zuletzt in der Fremde gar nicht gut gegangen ist. Es stammt eigentlich von Henry James. Dieser Autor ist Ihnen vielleicht in New York untergekommen.«

»Aber Sie sind nicht alt«, rief Krakauer, »und ich werde mich um Sie kümmern, wenn wir ab November wieder in Wien sind. Ich werde dann mehr Zeit haben, werde mich freimachen. Wissen Sie, meine

Baronin ist unglaublich empfindlich, sie hat ein geringes Selbstwertgefühl. Das sieht man ihr überhaupt nicht an, sie teilt manchmal auch aus, kann sehr gebieterisch sein... Vor unserer Abreise aus Wien ist ihr die Katze entlaufen, darüber kommt sie nur schwer hinweg. Beinahe hätte sie die Reservierung für Bad Fusch rückgängig gemacht. Elisabeth, ihre Nichte, leidet manchmal sehr unter ihrem Benehmen... Die Tage demnächst in Ischl werden ihr gut tun. Wir fahren dann gleich mit dem Auto nach Zell am See hinunter, nach dem Essen, die Baronin möchte einiges einkaufen, warme Sachen. Es ist kaum zu glauben: Es hat den Anschein, als wäre der Baronin die Nacht im Freien sogar zuträglich gewesen... Wir bleiben an sich mindestens noch eine Woche, die Zimmer sind bis zum zwölften August reserviert. Nun, bis jetzt hat die Kur bei ihr leider nicht so angeschlagen, wie ich es mir gewünscht habe. Ich will mich in der Apotheke in Zell am See umsehen. Auch, ob ich etwas Geeignetes für Sie finde. Falls Sie etwas brauchen, aus Zell, so sagen Sie es mir bitte.

Gerne hätte ich mehr Zeit zum Lesen. In Ihrem Prosaband habe ich gestern abend noch lange gelesen, das *Gespräch zwischen Balzac und Hammer-Purgstall*, ein zweites Mal. *Gespräch in einem Döblinger Garten* lautet der Untertitel... Es löst so viel in mir aus. Ich bin nämlich in Döbling aufgewachsen... Trotz meiner Müdigkeit war ich wieder völlig hingerissen von diesem Dialog. Ich werde das noch öfter lesen, um es mir ganz anzueignen. Auch die *Briefe des Zurückgekehrten* werde ich noch öfter lesen. Es sind darin philosophische Stellen, die ich wahrscheinlich erst bei einer weiteren Lektüre richtig begreifen werde. Wie konnten Sie wissen, was mich bewegte während der Heimreise auf dem Schiff nach Southampton? Und vor allem dann in Wien, die ersten Monate. Obwohl Sie ja über die Verhältnisse in Deutschland geschrieben haben – aber so groß sind die Unterschiede wohl nicht. Achtzehn Jahre war Ihr Zurückgekehrter fort; das ist eine lange Zeit. Ich war ja bloß acht Jahre in den Vereinigten Staaten, und auch das schien mir lange genug.«

H. erwiderte, als der Text damals in einer Zeitung erschienen war, habe er besonders bei einigen seiner deutschen Freunde Ratlosigkeit, sogar Kränkung gespürt. Einige, denen er den Zeitungsabdruck geschickt habe, hätten überhaupt geschwiegen. Übrigens hätten auch mit dem *Balzac* nur wenige etwas anfangen können. Er habe das bedauert. Erfundene Gespräche und Briefe seien eigentlich ein Lieblings-Genre von ihm, es gebe darin große Meister, Walter Pater, Fontenelle, Walter Savage Landor, Wieland… Und von den neueren Autoren nicht zu vergessen Paul Valéry… Am liebsten hätte er damals, nach dem Erscheinen des fiktiven Briefs des Lord Chandos, in diesem Genre weitergearbeitet, er habe Dutzende Entwürfe, Ideen-Skizzen. Aber plötzlich habe er eine Familie gehabt, Kinder, er habe Geld verdienen müssen. Also habe er sich dem Theater zugewandt und habe, nachdem er neunzehnhundertsechs Richard Strauss in Berlin kennengelernt habe, der ein Libretto von ihm wollte, sein Glück darin versucht.

»Im Grunde habe ich alles für meinen Vater geschrieben, meinen ersten und besten Leser, wie mir immer vorgekommen ist. Und dann, nach seinem Tod vor neun Jahren… Hätte ich nicht eine Familie zu ernähren gehabt, wer weiß, was ich getan hätte. Sebastian Isepp, immer wieder fällt er mir ein. Ich habe mir manchmal schon vorgestellt, die schriftstellerische Arbeit ruhen zu lassen, wenigstens für ein paar Jahre. Andererseits, was hätte ich anfangen sollen, ich kann ja nichts anderes.«

Er zog sich seine Jacke über.

»Es war hier in der Fusch«, fuhr er fort, »als ich meinem Vater bei einem Spaziergang mitteilte, ich könne mir eine Universitäts-Laufbahn nicht vorstellen. Übrigens hat es wegen einer Anstellung als *Kulturvermittler* über Hermann Bahr Kontakte mit dem Unterrichtsministerium gegeben. Dabei habe ich die Bürokratie in unseren Ämtern kennengelernt; es wäre für mich ohnehin nicht in Frage gekommen. Das Gesuch an die Universität, Vorlesungen halten zu können, habe ich nach meiner Heirat zurückgezogen. Wir sind nach Rodaun übersiedelt, die Verkehrsverhältnisse waren um die Jahrhundertwende noch sehr mangelhaft. Damals arbeitete ich intensiv an einem Drama über Guido von Arezzo und seine Frau Pompilia – eine Art Kriminalgeschichte. Endlich schien ich den Stoff zu einem großen Drama gefunden zu haben. Aber was plappere ich da, ich halte Sie unnötig auf, verzeihen Sie mir.«

Krakauer dämpfte seine Stimme: Er habe heute nacht eine Entscheidung getroffen, eigentlich zwei Entscheidungen, seine Zukunft betreffend und jene von Elisabeth. Etwas verbinde ihn mit Elisabeth, vielleicht sei es jetzt bloß ein Wollfaden, aber es könnte viel mehr sein. Dies sei ihm während eines gemeinsamen Spaziergangs neulich in Salzburg bewußt geworden, in aller Frühe, als er neben ihr stehend vom Mönchsberg auf die Stadt hinuntergeschaut habe.

»Elisabeth fürchtet, die Baronin könnte sich von ihr abwenden. Die Baronin sieht es nicht gerne, wenn wir uns absondern, beisammensitzen und reden. Was sie vermutet oder argwöhnt, trifft nicht zu. Bis jetzt jedenfalls. Heute hab ich mir gesagt, dieser Mensch ist etwas wirklich Kostbares… Ich würde mich sehr freuen, wenn Sie sie einmal ein wenig kennenlernen würden. Ihr *Zurückgekehrter* hat mich dazu gebracht, einen Entschluß zu fassen, der mir schon seit einiger Zeit im Kopf herumgeht. In mein eigenes Leben zurückzukehren…«

»Während Sie in Salzburg waren«, sagte H., »habe ich Ihnen einen langen Brief geschrieben. Aber wenn ich mich jetzt zu erinnern versuche, was ich Ihnen geschrieben habe, bin ich überhaupt nicht mehr sicher, ob ich Ihnen tatsächlich geschrieben habe oder ob ich mich bloß auf einem Spaziergang in Gedanken mit Ihnen unterhalten habe, wie ich es seit vielen Jahren immer wieder ...«

Er erschrak, als plötzlich neben dem Badezimmer eine Tür aufgerissen wurde und die Baronin sich in einem blasslila Bademantel zeigte, einen Schrei ausstieß und die Tür wieder zuschlug. Eine Verbindungstür? Hatte sie mitgehört, was wir gesprochen haben? Er hatte gerade noch erkennen können, daß die Baronin kaum Haare auf dem Kopf hatte und im Gesicht viel älter aussah ...

Kurz davor hätte er beinah zu Krakauer gesagt: »Wozu sich mit Prosa beschäftigen, wenn man Poesie haben kann?«, und er hatte dabei die Baronin und ihre Nichte im Sinn gehabt. Wie dumm, hatte er gedacht, das kannst du doch nicht sagen.

Er dankte Krakauer für die Untersuchung und verabschiedete sich. Und fügte hinzu, er wolle demnächst selber einmal nach Zell am See hinunterfahren, um ein Geschenk für seine Frau zu kaufen.

»JETZT HAB ich endlich die *Presse* für Sie erkämpft.« Der Ober hielt ihm die in den Rahmen geklemmte Zeitung so hin, daß er sie am Stiel entgegennehmen konnte, und setzte hinzu: »Ich bedaure sehr, aber das *Journal* ist anscheinend unauffindbar.«

Ein Herr mit Zylinder im Hintergrund des Cafés irritierte ihn, sein gepflegter Schnurrbart, er hatte sofort an den Poldy gedacht. Solche Hüte trugen jetzt sogar in Wien nur noch wenige. Ein anderer Herr saß im Wintermantel an seinem Tischchen, legte jedes Mal, wenn er die Kaffeetasse zum Mund führte, die andere Hand auf eine Zeitung, als fürchte er, sie könnte ihm abhanden kommen. Das Strafausmaß für Herrn Hitler, der derzeit in Landsberg in Festungshaft einsaß, war vermindert worden, las er.

Was war da in seinem Kopf aufgeblitzt? Im alten Café *Central*, als er mit Peter Altenberg über eine Unterstützung, über mögliche Geldgeber gesprochen hatte, war jemand wie ein Gespenst vorbeigehuscht, war wiedergekommen, hatte eine Reihe von Bildchen auf ihren Tisch gelegt, nicht viel größer als Spielkarten, kolorierte Stadtansichten von Wien. Nach einer Weile war er von der anderen Seite gekommen, hatte seine Kunstwerke wieder eingesammelt, als wäre es ein Versehen gewesen. Altenberg, der ja in den dunkelsten Schenken verkehrte, hatte gemeint, dieser Kunstmaler Hitler werde noch einmal von sich reden machen. Nachts, wenn einer ihm einen Schoppen oder eine Suppe bezahlte, halte er die wildesten politischen Ansprachen, und viele von den Elenden hingen dann an seinen Lippen. Jetzt schreibt er also ein Buch, las H. in der *Presse*.

Ein Eisenbahnerstreik in der Steiermark. Er blätterte um. Der neu ernannte Einsparungskommissar Dr. Hornik soll vierzigtausend Beamte der ehemals kaiserlichen Militärbürokratie *liquidiert* haben, weitere sechzigtausend Staatsbeamte sollen mit Zustimmung der Personalvertretung *abgebaut* werden... Sieben Millionen Kilogramm Akten als Altpapier verkauft... Noch in diesem Jahr würde der Geldumtausch erfolgen: Zehntausend Inflationskronen gegen einen Schilling, den sie in Wien schon Alpendollar nennen. Er begann den Aufsatz eines Franzosen über den zehnten Jahrestag des Kriegsbeginns zu lesen, über die Verstimmung hinweg, welche die Erinnerung an den Sommer neunzehnhundertvierzehn sofort in ihm weckte. Mehr noch verstimmten ihn die Assoziationen, die der Name des Autors auslöste: André Germain. *Welchen Weg haben wir seit dem 1. August 1914 dem Frieden oder dem Krieg entgegen zurückgelegt? Worin besteht unser Fortschritt oder unser Rückschritt oder zumindest unser Stehenbleiben?* Germain erwähnte den Völkerbund: *Ich möchte mich keineswegs den Optimisten anschließen, die an die mystische (und so verworrene) Beschwörungsformel des Völkerbundes glauben, der das goldene Zeitalter bringen wird...* Dem Carl würde das nicht gefallen, dachte er. Dann über die Wiederherstellung der Bayreuther Festspiele: *Ein Tübinger Professor will Richard Wagner zum Führer der deutschen Art, gegen Judentum und Amerikanisierung ernennen...*

ER WAR eine Weile in der Kirche gesessen. Im August, fiel ihm ein, war er mit seinen Eltern meistens nicht in der Fusch gewesen; den August hatten sie meistens am Wolfgangsee verbracht. Der Vater freilich war jedes Mal früher nach Wien zurückgekehrt, es war ihm nicht möglich gewesen, sechs oder acht Wochen seinen Bankgeschäften fernzubleiben.

Jene Jahre... der Geburtstag des Kaisers, die Feierlichkeiten in Bad Ischl... (Einmal waren sie an diesem Tag in der Fusch gewesen, also doch: damals, als die Mutter vor der Abreise erkrankt war und sie den Aufenthalt verlängern mußten.) Diese unbeschwerten Wochen am Wolfgangsee! Tennis, Segeln, Schwimmen... Was für weite Strecken er mit seinen Freunden zu Fuß zurückgelegt hatte... Er erinnerte sich an einen Nachmittag, an dem er mit der Michi Bebenburg, mit Edgar und seiner Schwester Lorle in Strobl zur Überfuhr gewandert war, wo sie sich hatten übersetzen lassen nach Sankt Wolfgang. Er hatte dem Edgar den Michael-Pacher-Altar zeigen, ihn aber auch selber wieder sehen wollen; man konnte ihn ja nicht oft genug sehen. Und dann abends um den halben See herum die weite Strecke zu Fuß nach Strobl zurück.

Heute oder morgen würde er die Gerty in Aussee anrufen und ihr den Tag seiner Abreise sagen.

Er hoffte auf eine weitere Begegnung mit dem Doktor Krakauer. Der Portier hatte ihm gesagt, daß die Baronin Trattnigg mindestens noch eine Woche in Bad Fusch bleiben werde.

Er stand auf der steinernen Plattform vor der Kirche. Seltsam, es regnete leicht, hauchdünne Fäden. Vorhin hatte doch die Sonne geschienen, es war warm gewesen, er hatte sich seinen Rock übergehängt. Als er zum Brunnen hinunterstieg, fiel ihm auf, daß dieser umwachsen war von riesigen Huflattichblättern; alles war feucht, der Weg aufgeweicht, als habe es tagelang geregnet. Das Wasser im Trog erschien grün von all dem Moos, das sich innen an den Wänden gebildet hatte. Es war ihm noch nie aufgefallen, daß die Blätter so riesig waren. Auch der Wasserdruck des Brunnens schien seit dem Vormittag stärker geworden zu sein. Er hatte vergessen, den Portier zu fragen, weshalb man das Hotel beflaggt habe. Der Kaiser – ein dummer Reflex. Selbst wenn der Kaiser noch lebte, es wären ja noch elf Tage bis zu seinem Geburtstag.

AUF DER Wasseroberfläche im Brunnentrog sah er, als er sich darüberbeugte, gebrochen durch Wellen und Kreise, sein Gesicht. Und er dachte, heut seh ich jung aus und wie vom Fernand Khnopff gezeichnet oder gemalt.

Wie lange war das her? Ein ganzes Leben, kam ihm vor. Die Lisl Nicolics hatte ihm eine Karte in die Fusch geschickt, mit einem Frauenporträt von Khnopff auf der Vorderseite. Damals, als er vergessen hatte, für die Eltern zwei Karten im Kurhaus zu besorgen, für das Konzert eines berühmten Künstlers, am Abend. Es war der Geburtstag des Kaisers gewesen, der 18. August. Alle Hotels waren beflaggt worden, und er hatte beim Portier Dekken und Sitzunterlagen besorgen müssen. Roman Podschinsky hatte der Pianist geheißen. Es war ein lustiger Sommer gewesen, trotz Mamas Erkrankung. Am Abend davor war er mit dem Musiker Kreil und dem Maler Guggenmoser zusammengewesen, sie hatten eine Gaudi gehabt, einer von den beiden hatte eine Flasche Wein besorgt ... Aber auf seinem Zimmer dann, um elf, war er zu müde gewesen, um sich zu seinen Büchern und Notizen zu setzen.

Er blieb noch am Brunnen stehen, erfreute sich an den malerischen Figuren, welche das dünn sprudelnde Rinnsal aus der Röhre auf der Wasseroberfläche im Trog verursachte, dazu blinkende Lichtreflexe, obwohl die Sonne schon hinter dem Tauernkamm untergegangen war. Die Eltern hatten den Aufenthalt um zwei Wochen verlängert; am geplanten Abreisetag erlitt die Mutter eine furchtbare Nervenkrise. Nichts war aus dem Ausflug geworden, aus dem Vorhaben, mit der kürzlich fertiggestellten Zahnradbahn auf die Festung Hohensalzburg zu fahren.

Es war das Jahr, in dem vor der Abreise in die Sommerfrische die Frau von Wertheimstein gestorben war.

In den Wochen in der Fusch waren Terzinen entstanden, die der Erinnerung an sie viel verdankten.

Wie kann das sein, daß diese nahen Tage
Fort sind, für immer fort, und ganz vergangen?
...
Zu wissen, daß das Leben jetzt aus ihren
Schlaftrunknen Gliedern still hinüberfließt
In Bäum und Gras...

Der Tod der teuren Freundin und Gönnerin hatte ihn während der ganzen Ferien durchdrungen, und ein paar Mal hatte er überlegt, ob – eigentlich unverständlich – seine Trauer der Grund dafür war, daß er in diesen Wochen so gut hatte arbeiten können. Berauschende Einfälle, überschwemmt hatte es ihn geradezu. Oft hatte er zehn Stunden am Tag geschrieben, an den Terzinen, an Entwürfen für Novellen, für weitere Gedichte. Erwartet hatte er vor Antritt der anstrengenden Reise bloß eine furchtbare Erschöpfung. Das monatelange Büffeln davor, die juridische Staatsprüfung... Ich bin so schrecklich weit weg von der Stimmung des

Arbeitens, war ihm am ersten Tag in der Fusch vorgekommen.

Eigentlich, hatte er gedacht, hab ich ja meistens kaum drei, vier gute Monate im Jahr, in denen mir das Schreiben leicht von der Hand geht – daheim, in der Brühl, auf dem Semmering –, und dieses Jahr hat mich die Prüfung zwei Monate gekostet ... Dabei waren ihm manchmal während des Lesens in den juristischen Bänden poetische Gedanken, Einfälle durch den Kopf gegeistert, oder Bruchstücke von Gelesenem. Zum Beispiel brachte er den Gedanken, *daß alles gleitet und vorüberrinnt*, nicht aus dem Kopf.

»Woher hast du denn *das*?« hatte der Vater während eines Spaziergangs gefragt, als H. den Satz rezitierte.

Walter Pater hatte in seinen Renaissance-Studien einen Satz aus Platons *Kratylos* zitiert, der jedoch ursprünglich von Heraklit stammte: Alles bewege sich und nichts bleibe ruhig. In dem Brief, den er damals an Hermann Bahr schrieb, hatte er erwähnt, daß er eine wichtige Entdeckung gemacht habe: den englischen Kunstkritiker Walter Pater, seine *Imaginären Porträts*, die wunderbare *Giorgione-Studie*.

Auf dem Blatt, auf das er den Gedanken Heraklits notiert hatte, waren dann die Zeilen der ersten Terzine entstanden, wobei er von einer Erinnerung ausgegangen war: die Besuche in Döbling, auf dem Anwesen der Wertheimsteins in dem schönen

Garten, der Tisch unter der Linde, wo er halbe Tage lang allein gelesen und geschrieben, aber manchmal auch für die Prüfung gelernt hatte. Dann wieder in dem großen Haus die alte Frau in ihrem Lehnstuhl, der Handkuß, ihr strenger Geruch, vermischt mit Fliederduft...

Auch die Freundschaft mit Marie, ihrer Nichte, eine Liebschaft beinah, war ihm immer wieder im Kopf herumgegangen. Diese unsäglich liebenswürdige und bildhübsche junge Frau, so stark und eigenwillig in gewisser Beziehung und so labil auf der anderen Seite – er hatte es beenden müssen, hatte langsam eine Distanz zwischen ihr und sich gelegt. Das Schmerzliche daran war gewesen, daß sie selber ja lange vor ihm schon gewußt hatte, daß sie zu schwach, zu haltlos war für eine Liebesbeziehung oder gar einen Lebensbund. Jede Erschütterung, ob eine bedrohliche, ob eine durch Glück hervorgerufene, war bei ihr zu vermeiden, hatte ihm ihre Schwester Franziska einmal gesagt, als sie sich zufällig vor der Minoritenkirche getroffen hatten.

Die alte Frau, hatte er damals gedacht, hat sich in einem höheren und edleren Dasein ausgelebt als wir Normalmenschen, sie hat Kostbareres gegeben und empfangen und reicher und schöner geträumt als vielleicht wir alle. Wie tief meiner Zukunft die Spuren dieses Wesens aufgeprägt sein werden, hatte er gedacht. In allem, was vielleicht aus mir werden mag.

Eine andere Zeile von damals ging ihm im Kopf herum: *Ich spür noch ihren Atem…* Oder besser: *Noch spür ich ihren Atem…* Aber damit habe ich dann ja die Reihe der Terzinen beginnen lassen, erinnerte er sich.

Unvergeßlich der Traum, in dem die Michi ihm erschienen war, Michi Nicolics, Edgars Freundin. H. war nicht verliebt gewesen in die Michi, aber als der Edgar wegen dienstlicher Angelegenheiten eine Woche später als geplant in Strobl ankam, waren die Michi und er sich näher gekommen. In dem Traum war sie ihm als kleines Mädchen erschienen und gleichzeitig als ein vollkommen erotisches Wesen – ganz anders als in der Wirklichkeit. Als er den Traum am Morgen notiert hatte, entwickelte sich die Zeile zu einer Terzine:

> *Zuweilen kommen niegeliebte Frauen*
> *Im Traum als kleine Mädchen uns entgegen*
> *Sind unsäglich rührend anzuschauen…*

Was die Marie von Gomperz anlangte: Erst einmal der Dienst beim Militär, hatte er gedacht, das Freiwilligenjahr in Mähren, das er im Herbst antreten mußte. Das würde Abstand schaffen. Wer weiß, wie mir danach zumute sein wird. Beruflich sah er keinen Weg vor sich. Ich bin, hatte er sich gesagt, nicht reich genug, und werde es nie sein, um ohne einen Beruf anständig leben zu können. Eine Gelehrtenlaufbahn? Gymnasiallehrer? In den

Staatsdienst gehen? Er dachte, meine Phantasie versagt, ich kann mir derzeit gar nichts vorstellen. Grillparzer fiel ihm ein, die Fotografie, die ihn in seinem Büro in der Hofkammer am Schreibtisch zeigt.

Er hatte sich schon sehr auf den Abend gefreut. Nach dem Essen würde er sich von den Eltern verabschieden, sich umziehen, auf seinem Zimmer an den Gedichten arbeiten. Der vorige Abend war ein unendlich lustiger gewesen, aber eigentlich war's verlorene Zeit. Lustig konnte er dann in Strobl sein, nächste Woche auf dem Wolfgangsee herumsegeln, Tennis spielen, mit den Freunden spazierengehen. Strobl war für ihn niemals ein Ort zum Arbeiten gewesen. Schon oft hatte er sich gefragt, was Strobl fehlte und was die Fusch ihm gab...

Wie hatte er es damals genossen, vor dem Schlafengehen noch eine Weile am offenen Fenster zu sitzen, wenn es, wie jetzt, draußen lau war. Vom Kurhaus herüber hatte er manchmal Klavierklänge gehört, manchmal Gebell von Hunden, eine Art von Dialog. Einmal war er bis zu dem alten Bauernhof spaziert, von wo man steil hinuntersah auf das Dorf. Fasziniert hatte er zugeschaut, wie die Bäuerin, umringt von Kindern, mit einer Art Holzschaufel mit langer Stange die fertig gebackenen Brotlaibe aus dem Ofen herausgezogen hatte.

Und an jenen Abend erinnerte er sich auch noch sehr gut: Es war Mitternacht, er war sehr müde. Zuerst war er nach dem Essen auf seinem

Zimmer gewesen, war dann in das Rauchzimmer hinuntergegangen, hatte sich eine halbe Stunde an den Tisch gesetzt, wo Gustav Schwarzkopf mit dem Carl Weis und einem ungarischen Musikverleger tarockierte. Ich bin zu dumm zum Kartenspielen, hatte er zu ihnen gesagt, mir schießt auch zu viel durch den Kopf, ich kann mich nicht konzentrieren auf die Karten. Er war froh, daß die beiden in jenem Jahr in die Fusch gekommen waren, außer ihnen hatte er niemanden zum Reden, nur den Papa, beim Spazierengehen. Schwarzkopf hatte ihm einige Tage zuvor das Manuskript zu einem Lustspiel gegeben und ihn um seine Kritik gebeten. Auch die Familie Schwarzkopf hatte seit jeher im Hotel *Flatscher* gewohnt. H.s Eltern pflegten mit der Besitzerfamilie ein langjähriges familiäres Verhältnis. Beim Essen war er mit seinen Eltern beisammen, untertags ganz für sich, außer er schloß sich den beiden Männern zu einer Wanderung an. Er war froh, ihnen bei den Mahlzeiten nicht zu begegnen. Manchmal, wenn er für sich allein spazierenging, pflückte er am Heimweg einen Strauß Blumen für die Mama. Wie froh war er gewesen, als es ihr wieder besser ging.

In seinem Zimmer hatte er an manchen Tagen furchtbar gefroren, fiel ihm ein, zum Schreiben hatte er sich Handschuhe angezogen. Im nicht geheizten Lesezimmer hatte er, um sich aufzuwärmen, mit einem jungen Engländer gefochten, sie hatten einfach den Tisch und ein paar Stühle auf die Seite geräumt. Nach einem heftigen Gewitter war es dann über Nacht wieder Sommer geworden, wobei die Erde gezittert hatte wie bei einem leichten Beben. Die aufgeweichten Wege trockneten im Sonnenschein rasch. Der Arzt war trotz des Sauwetters in seinem Einspänner heraufgekommen, hatte die Mutter untersucht. Zwei Tage später hatten sie alle drei wieder eine Wanderung unternommen.

Der Abend, an dem er nach dem Essen mit dem Maler Guggenmoser und dem menschenscheuen Musiker Kreil zur Kirche spaziert war. Eine klare Sternennacht. Er hatte sich vorgenommen, demnächst um diese Zeit mit der Taschenlampe allein auf das Hochplateau zu spazieren und dann in die Sternenwelt zu schauen. Kreil hatte auf dem blassblau gestrichenen Harmonium zwischen zwei Windlichtern in der Kirche schwermütige Weisen gespielt. Danach hatten sie zu dritt Szenen aus alten italienischen Novellen von Bandello improvisiert, waren mit den Windlichtern zum Ortsausgang spaziert. Niemand war mehr unterwegs gewesen. Sie stellten sich vor, sie seien galante Herren, die hinter ihren Fackelträgern zum Haus einer Angebeteten gingen.

AUF DER Terrasse spannte der alte Leo ein paar Sonnenschirme auf. H. wählte einen windgeschützten Tisch an der Hausmauer. Im *Interessanten Blatt* ein Interview mit Franz Werfel über seinen Verdi-Roman. Er dachte wieder an Carl: An einem der letzten Tage in Lenzerheide hatte er der Gerty einen Brief schreiben wollen über ihn, diesen merkwürdigen Menschen, um den ihm manchmal bang war, über das Finstere seines Wesens, das sich zwar nicht oft hervorkehrte, aber dann wieder… Seine Abneigung, ja sein Haß auf Basel, sein Unmut über den Beruf des Historikers… Er hatte der Gerty sagen wollen, daß er etwas Verhängnisvolles in den Charakteren von Carls Eltern vermute: das allzu Geistige des Vaters und das dumpfe, erdhafte Wesen der Mutter, die anscheinend in ihrem Leben nie glücklich gewesen war.

Doktor Krakauer verspätete sich. Es war ausgemacht, daß sie, wenn die Verfassung der Baronin es zuließ, zu der völlig heruntergewirtschafteten Jagdhütte des Kardinal-Fürsten Schwarzenberg, dem Bad Fusch im vorigen Jahrhundert viel verdankte, spazieren würden. Die Baronin fühle sich nicht wohl, hatte Krakauer ihm am Vormittag gesagt, als sie einander im Foyer begegnet waren, sie bleibe heute in ihrem Zimmer, er sei am Nachmittag frei.

Da Krakauer ihm gesagt hatte, daß er den *Brief des Lord Chandos* mit großem Vergnügen gelesen habe, hatte er selber das Buch am Anfang des Textes aufgeschlagen, und es waren ihm die schwierigen Jahre vor und nach seiner Hochzeit in Erinnerung gekommen. Ich bin ins Leben eingetreten, hatte er Jahre später einmal gedacht, und meine lyrische Begabung ist bei der anderen Tür hinaus.

In der Fusch war er in jenen Jahren nicht gewesen, erst in dem Jahr wieder, als er hier endlich das Theaterstück *Das gerettete Venedig* hatte vollenden können und zwischendurch an Entwürfen schrieb für die Bearbeitung von antiken Dramen und Calderón-Stücken.

BEINAH VIER Wochen war er jetzt fern von zu Hause, und was war getan? Für den *Timon* nichts als Notizen, ein paar Korrekturen, aber der *Turm* war doch nahezu vollendet… Habe ich, überlegte er, Angst, beim Überarbeiten dann in Aussee mich wieder zu verrennen, wieder Ungenügen zu empfinden, wieder neue Varianten zu entwerfen?

Aus einem Bereich in seinem Kopf, als wäre der ein Grillparzersches Archiv, meldete sich immer wieder einmal der Roman, die Figur des Andreas, als wollte auch der wissen, wie es in seinem Leben weiterginge. Die beiden verführerischen venezianischen Mädchen, von denen nicht einmal er als

Autor wußte, waren es wirklich zwei oder war es bloß eine, die ihn zum Narren hielt? Der Bub, dachte er, kann ja nicht wissen, daß es sich um eine gespaltene Persönlichkeit handelt. Und plötzlich die Überlegung, ob es nicht grundverkehrt gewesen war, die Romana-Geschichte zu verknüpfen mit dieser psychologischen Fallstudie, auf die ihn die Fürstin Thurn und Taxis vor vielen Jahren aufmerksam gemacht hatte. Warum nicht einfach den Venedig-Teil als eine wunderbare Lehrzeit für den Andreas anlegen, mit dem Malteser als einer Art Lehrmeister; eine Liebesgeschichte auch für den gänzlich unerfahrenen jungen Mann beziehungsweise zwei Liebesgeschichten, wobei Andreas sich schließlich für die Romana entscheiden würde.

Das Venedig des achtzehnten Jahrhunderts, was für ein Lebensfeld für ein Wiener Bürgersöhnchen.

Romana, die ihm offenbar von himmlischen Mächten Zugesprochene. Der Titel eines Tizian-Bildes kam ihm in den Sinn: *Die himmlische und die irdische Liebe.* Romana und die Venezianerin. Der Malteser, der selbst ihm, dem Autor, ein Rätsel war... Die Freunde, denen er die ausgearbeiteten Seiten vorgelesen hatte, waren hingerissen gewesen, hatten auf Fertigstellung gedrängt... Immer wenn er sich – wie zuletzt vor ein paar Jahren in Altaussee – dem Manuskript zugewendet hatte, erschlug ihn das umfangreiche Konvolut von Notizen und Varianten, von Exzerpten, Literaturhinweisen; diese Notizen erzeugten ja unentwegt weitere Notizen, der Papierhaufen erschien ihm immer mehr als ein endloses Gebirge, wie das Höllengebirge oder das Tote Gebirge bei Aussee, das er seit seiner Jugend hatte besteigen wollen, jedoch nie bestiegen hatte. Als er in den neunziger Jahren in Aussee jenes fünfzehnjährige Mädchen während einer abendlichen Prozession gesehen hatte, war dies für ihn ein so unvergeßlicher Eindruck, daß er, als er in Südtirol, auf Schloß Eppan, mit dem Roman begann, dem Kärntner Bauernmädchen den Namen Romana gab. Damals, auf Schloß Eppan, hatte er auch *Die Briefe des Zurückgekehrten* begonnen, fiel ihm ein. Er fragte sich, ob seine Eltern ihn mit neunzehn Jahren allein nach Venedig hätten reisen und einige Monate dort verbringen lassen? Das Venedig Ende des neunzehnten Jahrhunderts war allerdings nicht mehr das Venedig um siebzehnhundertachtzig, aber wohl immer noch abenteuerlich, farbenprächtig, gefährlich genug für einen unerfahrenen jungen Mann.

Immerhin, dachte er, hatten die Eltern nichts dagegen gehabt, als er von der Fusch aus allein mit dem Fahrrad – manche Strecken allerdings mit dem Zug – von Salzburg nach Südtirol und von dort über Verona nach Varese gereist war; wenn auch die Mama ihm hinterher gestanden hatte, daß ihre Nerven in diesen Wochen aufs äußerste angespannt gewesen waren.

In Lenzerheide hatte er während einer Wanderung dem Carl wieder einmal vom *Andreas-*

Roman erzählt und ihm versprochen, ihn das bisher Ausgeführte lesen zu lassen (oder es ihm vorzulesen), wenn sie sich im Spätherbst in Aussee treffen würden. Möglicherweise hatte Carl eine Idee, wie man die Geschichte weiterführen und vollenden könnte. Wieder fiel ihm der Balzacsche Maler Frenhofer ein, der sein Werk so oft übermalt, bis sogar seine Freunde auf der Leinwand nichts mehr erkennen; dies verursachte ihm jedes Mal ein flaues Gefühl in der Magengegend.

War es Brecht gewesen, der ihn hingewiesen hatte auf Tiecks Romanfragment *Franz Sternbalds Wanderungen*, darauf, wie Tieck in seinen späten Jahren immer wieder zu Freunden davon gesprochen haben soll, den Roman vollenden zu wollen, was jedoch nicht geschah.

Warum verbiß er sich so in das *Timon*-Stück? Weil er nicht ein weiteres Theaterstück unabgeschlossen in den Kasten zu den anderen Fragmenten legen wollte? Carl gegenüber hatte er bekannt – er erinnerte sich genau, wo sie gestanden waren: vor dem gewaltigen Himmelbett im Palazzo Salis von Soglio –, daß er sich als einen in seiner zweiten Lebenshälfte Gescheiterten empfinde. »Bitte, belassen wir das jetzt!« hatte er gerufen, als Carl anfing zu protestieren, und hatte gedacht: Du hast ja keine Ahnung, wie es wirklich in mir aussieht.

Er hatte Carl über Robert Walser ausfragen wollen, aber er merkte, daß dies im Moment etwas

Unbetretbares war. In seinem Zimmer im *Parkhotel* hatte er sich erinnert, daß sie sich in Berlin einmal begegnet waren. Walser war ihm vorgekommen wie der Sohn eines Großbauern, den man für eine Hochzeit in einen dunklen Anzug gesteckt hatte.

NACH EINEM anstrengenden, ihn geistig jedoch erfrischenden langen Spaziergang auf dem Höhenweg Richtung Weixelbachhöhe betrat er ungeduldig sein Zimmer, stellte den Stock in die Ecke neben der Tür, legte den Hut aufs ungemachte Bett, setzte sich gleich an den Tisch, um einiges zu notieren. Er wußte es eh schon lange: Wenn er kein Notitzbüchl mitnahm, fielen ihm Sachen ein; hatte er es eingesteckt, blieben die Blätter oft unbeschrieben. Freilich, die Idee, im zweiten Bild die Hetäre Bacchis auftreten zu lassen und in einen Dialog mit dem Timon zu verwickeln, hatte er schon vor Tagen gehabt. Aber jetzt hatte er auf einmal das Gefühl, er sei in der Lage, den Dialog niederzuschreiben, mindestens zu skizzieren, ohne vorher Platons *Gastmahl* noch einmal gelesen zu haben. Er unterdrückte den Wunsch, unten einen Tee zu trinken; er konnte ja später eine Pause machen und…

Jemand hatte an die Tür geklopft. Vielleicht war es die Kreszenz, die endlich das Bett machen wollte. Sie soll mir dann eine Kanne Tee bringen, dachte er und öffnete die Tür. Eine blonde junge Frau mit weißem Haarband, bauschiger weißer Bluse, großer Masche auf der Brust. Elisabeth?

»Elisabeth Trattnig, verzeihen Sie, wenn ich Sie einfach so...«

»Ist etwas passiert?«

Sie wirkte bedrückt. Es sei ihr peinlich...

Was will sie von mir, überlegte er, was ist geschehen? Sie erinnerte ihn an die junge Alma Mahler.

»Entschuldigen Sie«, sagte er, »wie Sie sehen, ich kann Ihnen im Moment hier nicht einmal einen Stuhl anbieten...«

Ob sie kurz mit ihm reden könne? Es sei wichtig, betreffe den Herrn Doktor Krakauer. Vielleicht könnte man besser im Lesezimmer, niemand befinde sich derzeit dort, sie habe nachgeschaut. Er nahm das Manuskriptbündel vom Stuhl, schob ihn in die Mitte des Zimmers, deutete darauf, setzte sich aufs Bett. Sie wirkte anziehend mit ihrem gewellten Haar, den vollen Oberarmen, er dachte, sie sieht der Christiane Vulpius ähnlich, wie Goethe sie gezeichnet hat. Sie ging zum Stuhl, blieb stehen, stützte sich mit einer Hand auf die runde Lehne.

»Liebes Fräulein von Trattnig, sagen Sie mir, was ist geschehen?«

Er stand wieder auf und überlegte, wohin er sein Brillenetui getan hatte. Das Etui war wohl verloren.

An ihrer Oberlippe bemerkte er einen Anflug von Bartwuchs, auch das erinnerte ihn an die Alma.

»Die Frau Baronin«, sagte sie. »Ich weiß nicht, ob Sie davon gehört haben, daß wir sie einen Tag lang vermißt haben; sie ist einfach in den Wald gelaufen... Ich will Sie nicht... Sie ist gefunden worden von zwei einheimischen Burschen, ziemlich verwirrt... Der Herr Doktor macht sich schreckliche Vorwürfe... Sie nimmt ihm übel, daß er sie vernachlässigt hat in letzter Zeit. Deswegen erlaube ich mir, Sie anzusprechen.«

»Ich habe den Herrn Doktor kaum gesehen in den letzten Tagen«, sagte er, etwas zu laut, und überlegte, wo sich sein Etui befinden könnte. »Ein einziges Mal hatten wir, wenn ich mich richtig erinnere, ein etwas längeres Gespräch... Vielleicht zweimal.«

Jetzt sah er das Etui auf dem Fensterbrett.

»Ich bitte Sie«, rief sie, »Sie wissen ja nicht, wie ernst die Situation ist. Der Gesundheitszustand der Frau Baronin hat sich verschlechtert... Schwere Depressionen, bis hin zu Psychosen, und dann ihr Gekränktsein, ihr erschreckender Unmut über den Herrn Doktor...«

Von solchen Nervengeschichten, dachte er, hört man immer wieder. Dabei hatte er gelesen, diese Leiden träten, anders als vor zwanzig, dreißig Jahren, seit dem Krieg kaum noch auf...

»Sie weigert sich heute schon den ganzen Vormittag, den Herrn Doktor zu sehen. Es besteht die

Gefahr, daß sie ihn … Sie hat mir gegenüber gestern so etwas angedeutet … Es geht darum, daß sie ihm, in einigen Jahren – ich weiß darüber nichts Näheres –, eine Arztpraxis im ersten Wiener Gemeindebezirk einrichten wollte, sollten ihre Wege sich eines Tages trennen … Dies war der Vertrag zwischen den beiden, allerdings, soviel mir bekannt ist, bloß ein mündlicher. Es ist für den Herrn Doktor gewiß nicht einfach, die Baronin ist auf eine Weise von ihm abhängig … Entschuldigen Sie, bitte, es ist mir äußerst unangenehm, Sie behelligt zu haben, nur meine große Sorge … Darf ich Sie fragen, wann Sie nach Wien zurückkehren werden? Die Frau Baronin ist ja derzeit gar nicht reisefähig.«

Ein starkes Stück, dachte er, sie wollen mich aus dem Weg haben, und dachte, mein erster Eindruck war ja gar nicht so falsch. Das fehlte mir noch, was hab ich damit zu schaffen? Zugleich wurde ihm bewußt, wie sehr er ihr gepflegtes Wienerisch, ihre wohltuende Stimme mochte. Er wünschte, sie hätte sich in einer anderen Angelegenheit an ihn gewandt, oder er hätte sie im Kurpavillon singen hören. Aber wenn sie ihn auf seine Verbindungen mit Theatern oder Opernregisseuren oder dergleichen angesprochen hätte, wie er zuerst gedacht hatte, wäre es ihm jetzt im Moment auch lästig gewesen.

Auf einmal kam ihm in den Sinn, daß er sich eigentlich immer jemand wie sie als ägyptische Helena vorgestellt hatte … Ihren Rock hatte sie hochgezogen, ehe sie sich gesetzt hatte, jetzt

schaute er wie unter einem Zwang auf ihre nackten Knie und den nackten Teil ihrer Oberschenkel. Ihre rollenden Augen, als singe sie lautlos eine
Partie aus *Lucia di Lammermoor*. Auch fiel ihm ein,
was er kürzlich dem Poldy über die Fotografie seiner Freundin oder Zukünftigen – wer weiß? – geschrieben hatte. Und er fragte sich, ob die Elisabeth
eine kalte Person sei. Und es fiel ihm ein, daß man
ja aus der Konstellation Krakauer – Baronin – Elisabeth eigentlich einen Einakter machen könnte…
Der Arthur Schnitzler, dachte er, hätte sich dabei
früher gar nicht geniert. Er schaute auf den uneben-
en, bei jeder Bewegung knarrenden Bretterboden
aus alten Zeiten. Der kleine Tisch stand auf einem
bunten Fleckerlteppich, und auch vor dem Bett lag
einer.

»Ich muß mich jetzt leider fertigmachen«, sagte
er und stand auf. »Ich werde erwartet. Der Frau
Baronin wünsche ich baldige Genesung. Sie ist ja
sicherlich bei dem Herrn Doktor in den besten
Händen, nicht? Ich hoffe, sie beruhigt sich bald.
Empfehlen Sie mich bitte dem Herrn Doktor.«

»Bitte entschuldigen Sie. Es war dumm von
mir.«

Ihre glasklare Stimme, er hätte sie gerne gefragt,
ob sie die Königin der Nacht schon einmal gesungen oder geprobt habe.

MEIN LIEBER, *bin eine Weile in der Schweiz gewesen,*
jetzt aber seit bald einer Woche wieder hier in der Fusch
ansässig, wo ich, wie Sie wissen, so oft war, mit den El-
tern zumeist, so oft, daß mir, wenn ich mich zurücker-
innern will, die Aufenthalte durcheinanderkommen.

Hoffentlich habe ich bald eine Luft, die nicht län-
ger die freie Bewegung meiner Gedanken lähmt. Die
unrechte Luft macht einen Tölpel aus mir. Ich bin so
unglaublich abgespannt, sobald meine tägliche wie im
Fieber eintretende Arbeitszeit vorüber ist, daß ich kaum
mehr imstande bin, die Feder zu halten. Einmal muß ja
doch der hohe Barometerstand kommen – wie sollte ich
es ertragen, diese Arbeit unvollendet liegen zu lassen?
Mir scheint, ich kann so ein ödes Hochland mit Tannen
immer weniger ertragen.

Er brach ab, zerknüllte den Briefbogen. Zeit fürs
Abendessen. Wenn er sich richtig erinnerte, hatte er
dem Richard Beer-Hofmann in den letzten Monaten zwei oder drei Briefe und Karten geschrieben,
während dieser nicht ein einziges Mal geantwortet
hatte. Er ging zum Schrank und suchte nach einem
frischen Hemd. Die Vroni oder die Kreszenz bitten,
daß sie mir zwei wäscht und bügelt. Und dachte,
alles hinschmeißen und weggehen. So wie der In-
stallateur letzten Winter daheim. Als er den Zustand der Wasserrohre im Haus gesehen hatte, war
er einfach verschwunden. Der Lehrbub hatte noch
das Werkzeug zusammengeräumt und zur Gerty

über seinen Meister gesagt: »Jetzt hat er alles hingeschmissen.« Wie hieß die Figur in dem Stück von Raimund?

Es fiel ihm ein, daß er jetzt so alt war wie sein Vater damals, in jenem Jahr, als dieser hier in der Fusch plötzlich erkrankt war. Ist es möglich? dachte er, ich jetzt so alt wie mein Vater damals, wie ging das zu? Rappelkopf hieß der Gutsbesitzer aus dem *Alpenkönig und Menschenfeind*. Wo war der Zettel hingekommen, auf dem er die Abfahrtszeit des Postbusses nach Zell am See hinunter notiert hatte? Der Tisch war voll von Büchern, Poststücken, Zetteln, Zeitschriften. Und Steinen, die er beim Gehen aufgeklaubt hatte, die er wieder der Natur zurückgeben würde. Eigentlich sollte er es ja schon lange wissen, daß die schönsten Muster auf den feuchten Steinen vergingen, sobald diese trocken geworden waren. Er biß von der Scheibe Milchbrot ab, welche er vom Frühstück mit heraufgenommen hatte.

Der Gerty sagen, daß dieses Milchbrot ebenso gut schmeckt wie unseres vom Bäcker Grünbaum daheim. Wozu eigentlich nach Zell am See hinunterfahren? Er würde halt diesmal nichts mitbringen von seiner Reise. Vor dem Kofferpacken ohne die Hilfe seiner Frau graute ihn.

Max Reinhardt fiel ihm ein, die beiden riesigen Hunde, die jetzt vermutlich im Park seines Schlosses in Leopoldskron herumtollten. Aber er wußte nicht einmal, ob Reinhardt diesen Sommer in Salzburg verbrachte. Er rührt sich nie, dachte er, immer

muß ich es sein, der schreibt oder anruft oder an-
fragt. Küchengeruch strömte zum Fenster herein; es
wurde ihm bewußt, daß der Trakt, in dem er un-
tergebracht war, über der Hotelküche lag. Er nahm
wieder den Brief seines Sohnes in die Hand, Raimund, der lebenstüchtigere und, wie man sagte, ihm
ähnlichere seiner Söhne. Er empfand es ebenso, und
doch fühlte er oft, daß der Franz seinem Herzen
noch näher stand.

Wie freute er sich darauf, die beiden bald sehen
zu können.

Christiane hatte er ja die letzten Monate daheim bei sich gehabt; im Herbst wollte sie wieder
nach Paris. Ihre Freundschaft oder Liebe zu dem
Thankmar von Münchhausen durchschaute er nicht.
Der junge Mann schien unter der derzeitigen langen Trennung gar nicht so furchtbar zu leiden. Gut,
daß das Kinderl ihren ersten Liebesschmerz schon
hinter sich hatte und jetzt mit dem Erwin Lang be-
freundet sein kann. Die folgenden Male, dachte er,
tun dann nicht mehr so schrecklich weh.

DAS BAUMLOSE Hochplateau mit dem ebenen Al-
menweg müßte er eigentlich längst erreicht haben;
längst sollte er – worauf er sich schon in der Früh
gefreut hatte – auf der Terrasse der Embachalm sit-

zen, bei Milch und Butterbrot und mit dem Blick auf das Gebirgspanorama. Er schien jedoch immer tiefer in einen Wald hinein geraten zu sein, in dem er sich nicht mehr auskannte.

Was für ein Wald konnte das denn bloß sein? Der bewaldete Hügel, der sich hinter der Kirche sanft ansteigend ausbreitete, war ja nicht so groß, jedenfalls nicht in seiner Erinnerung. Hatte der Wald in dreißig Jahren sich dermaßen ausgebreitet? Die Stämme standen immer enger beieinander, es wurde immer dunkler, er war ins Schwitzen gekommen, es war besser, umzukehren. Wem, dachte er, würde da nicht der Anfang der *Göttlichen Komödie* einfallen:

Befand ich mich in einem dunklen Wald
Weil ich den rechten Weg verloren hatte …

Ich bräuchte auch einen Vergil, einen, der mich führt, dachte er, und da ich meinen Fuscher Wanderführer nicht dabei habe, kann ich dann in meinem Zimmer nicht einmal überprüfen, wie und warum ich mich verlaufen habe. Auf jeden Fall wäre es besser gewesen, aus dem Ort hinaus auf dem Fürstenweg bis zu der Abzweigung auf den Höhenweg zu wandern und dann linkerhand abzubiegen und der Almhütte zu. Das Herz war ihm früher jedes Mal weit geworden auf diesem Weg, heraus aus der durch Gebäude und steile Hügel begrenzten Enge des Ortes.

Er drehte sich um. Ein Weg war nicht mehr zu

erkennen, er mußte umkehren. Alle die Tannen- und Fichtenstämme waren bis weit hinauf ohne Äste. Ausblicke auf den Himmel gab es kaum. Was hab ich hier verloren?

Er wünschte sich in die Stallburggasse, in seine kleine Stadtwohnung in Wien. Jetzt dort die Treppe hinuntersteigen und im Café *Bräunerhof* einen Schwarzen trinken... Aber so die Treppen in den dritten Stock hinaufspringen wie mein Vater, wurde ihm klar, könnte ich nicht mehr. Wie oft hatten die Gerty und er sich dort oben umgezogen, vor einem Theater- oder Konzertbesuch, hinterher genächtigt auf der Ausziehcouch, am nächsten Morgen im Café gefrühstückt, ein paar Einkäufe erledigt und dann mit der Tramway gemütlich Richtung Rodaun. Die vielen kleinen Antiquitätenläden in der Gasse, vor dem Krieg, das Biedermeier-Tischerl, das die Gerty so gern gehabt hätte – und dann war es plötzlich verkauft.

Wie hatte er, fiel ihm ein, in Lenzerheide am letzten Tag Carl vorgeschwärmt von Fusch, diesem *magischen Ort*...

Auf halber Höhe eines Stammes jaulte ein Tier, ein Eichhörnchen, wie er sah, es wedelte aufgeregt mit seinem Schwanz, schaute zu ihm herunter. Vor vielen Jahren hatte ihm jemand gesagt, wegen der häufigen Lawinenabgänge habe man in Bad Fusch alle Hänge aufgeforstet. Von ferne hörte er einen Hund bellen. Ich bin ja doch nicht aus der Welt, dachte er.

Es war der Direktor Flatscher selber gewesen, erinnerte er sich, und Flatscher hatte ihm auch von einem Holzknecht erzählt, dem ein Eber mit seinen Hauern den Oberschenkel aufgeschlitzt hatte; der Mann war in einem Wald elendig verblutet. Über wen aus der kaiserlichen Familie hatte ihm vor vielen Jahren jemand Ähnliches erzählt, wobei die Sache jedoch glimpflich abgelaufen sein soll, weil einer der Jäger ein Arzt gewesen war?

Sich vorzustellen, wie unsere Geschichte, dachte er, hätte verlaufen können, wenn der Kaiser in jungen oder mittleren Jahren verstorben wäre. Es hätte vor mindestens vierzig Jahren geschehen müssen, als der Kronprinz noch Herr seiner selbst war. Des Kaisers Geburtstag jedenfalls würden sie in Altaussee gedenken. Es ging gar nicht anders. (Sich vorzustellen, die Geburtstage irgendwelcher Politiker könnten einem etwas bedeuten!) Um diese Zeit im Jahr hatte man in Aussee manchmal schon reifes Obst im Garten aufklauben können. Im Herbst dann, wenn jeden Morgen die Äpfel unter den Bäumen lagen, war die Hausbesitzerin meistens schon in aller Früh, während sie noch schliefen, gekommen und hatte die schönsten in einem Korb weggetragen.

Er fühlte sich plötzlich sehr erschöpft, wünschte sich eine Bank zum Ausruhen, aber er hatte auf dem Herweg bloß eine einzige gesehen, am Beginn der Wanderung, sie war völlig umwachsen von jungen Fichten; höchstens ein Eichkatzel oder ein Fuchs hätten sich darauf niederlassen können. Er mußte durchhalten, vermochte nicht einmal abzuschätzen, wie lange. Als er in den Wald hineingegangen war, den zuerst langsam ansteigenden Weg, hatte er über ein Wort von Novalis nachgedacht: Die meisten Töne, welche die Natur hervorbringe, seien geistlos, das Rauschen und Pfeifen des Windes jedoch dünke den musikalischen Seelen melodisch und bedeutsam. Vielleicht täuscht mich meine Erinnerung, sagte er sich, und der Satz lautet völlig anders.

DER JUNGE Hotelbedienstete, welcher angeklopft hatte, brachte ihm einen Brief ans Bett. H. versuchte sich ein wenig aufzurichten.

»Ich geb Ihnen später etwas«, sagte er.

Verehrter Herr Hofmannsthal,

meine Baronin fürchtet trotz gegenteiliger Vorhersagen eine neuerliche Wetterverschlechterung, drängt plötzlich auf Abreise. Es ist ihr ernst, deshalb nur rasch ein paar Zeilen, falls wir uns nicht mehr begegnen. Besonders über Ihren Zurückgekehrten, den ich jetzt zur Gänze lesen konnte, hätte ich mich so gern mit Ihnen unterhalten! Sehr beeindruckend der letzte Brief, über die Farben. Nachdem ich den ersten der Briefe gelesen hatte, fürchtete ich mich beinah, Ihnen noch einmal zu begegnen.

Zwar bin ich kein Deutscher, aber manches, was Ihnen an den Menschen in Deutschland mißfiel – denn Ihr Zurückgekehrter, nicht wahr, das sind doch auch Sie selbst –, schien mir, während ich diese philosophische Erzählung las, auch auf mich zutreffend... Zweimal habe ich gestern vergeblich an Ihre Tür geklopft. Abreisen jedoch wollen Sie erst übermorgen, sagte mir der Portier. Wir reisen heim, auf das Gut der Baronin bei Fratres im Waldviertel. Ich hoffe, ich kann mich im Spätherbst in Wien bei Ihnen melden, wenn Sie wieder nach Rodaun zurückgekehrt sind.

Sebastian Krakauer

WENN MAN krank ist, war ihm schon öfter vorgekommen, wie wenig oder gar nichts bedeuten einem dann Dichtung, Malerei, Musik. Alles schmilzt dahin, man möchte bloß den ursprünglichen Zustand des Wohlbefindens wieder erreichen. Ganz elementare Wünsche im Moment: im Wintergarten des Hotels Kaffee trinken, ein paar neue Zeitungen lesen, spazierengehen, im Autobus nach Salzburg fahren...

Schräg gegenüber, in dem Hotel *Berghof*, auf der anderen Straßenseite, auf seiner Höhe, in der dritten Etage, hatte eine Dame, mit einer Art Turban auf dem Kopf, das Fenster geöffnet und herausgeschaut, herübergeschaut, ihn am Fenster erblickt und daraufhin ihr Fenster wieder geschlossen.

Immer noch hoffte er, der Doktor Krakauer würde an seine Tür klopfen, habe doch noch eine Viertelstunde für ihn, bevor er mit seiner Baronin abreisen würde. Heute bis Salzburg und dann morgen nach Niederösterreich, hatte Krakauer gestern gesagt. Ein Gespräch... Auch wenn nur wenig Zeit bliebe, ihre Adressen wenigstens könnten sie austauschen, und das Gespräch über den *Zurückgekehrten* vielleicht einmal in Wien oder Rodaun fortsetzen, hatte er überlegt.

In Kürze jedenfalls würde auch er abreisen, dem Portier hatte er es gestern mitgeteilt. Als er sich nach links aus dem Fenster lehnte, sich mit der Rechten auf dem Fensterbrett abstützte, sah er auf dem Parkplatz drei Automobile. Er glaubte, den *Steyr* der Baronin zu sehen, mit zugeklapptem Verdeck; sie waren also noch nicht abgereist, stellte er fest, waren wohl noch mit Packen beschäftigt.

Müßte ich jemandem erklären, dachte er, warum mir ein Gespräch mit Krakauer so wichtig erscheint...

Er sah sich vor dem Haus in Altaussee sitzen, in ein paar Tagen, und Gerty von seiner neuen Idee erzählen, auf der Grundlage der *Briefe des Zurückgekehrten* etwas Längeres zu schreiben, eine Novelle vielleicht, und die Nachkriegsjahre mit einzubeziehen. Auf diese Idee hatte Krakauer ihn gebracht, als er H. vor einigen Tagen davon berichtet hatte, wie er neunzehnhundertneunzehn aus den Vereinigten Staaten nach Österreich zurückgekehrt war. Wieder einmal schüttelte er über sich selbst den Kopf: Mein Problem, das unüberwindlich scheint, ist, daß ich immer aus allem sofort etwas machen will.

AUF DER Seite mit den Anzeigen konnte er lange den Blick nicht von den beiden Automobilen abwenden; besonders der neue *Opel* gefiel ihm.

Der Wagen für Jedermann. 4 PS, komplett, dreitausendneunhundert Goldmark, ab Werk Rüsselsheim.

Schon lange wünschten er und seine Frau sich ein eigenes Auto, wie viele ihrer Freunde, aber wer sollte es fahren? Wieviel mochte es kosten, zeitweise einen Chauffeur zu beschäftigen? Die Form des Wagens schien ihm ästhetisch perfekt, einfach schön. Aber wer weiß, wann man den Wagen in Wien würde kaufen können.

Auf der ersten Seite der *Frankfurter Zeitung* – von voriger Woche, ein Gast mußte sie liegengelassen haben – ein Feuilleton von Joseph Roth, der sich, wie dem Text vorangestellt zu lesen war, auf der Insel Rügen aufhielt. Er hörte die Glocke der Fuscher Kirche bimmeln, das Angelus-Läuten. Roth berichtete von einer Tanzveranstaltung, Fischer und Fischerinnen in alten Trachten. Ein alter Fischer habe sich nachher am Wirtshaustisch beklagt, daß die jungen Fischer auf die Überlieferung keinen Wert legten, sondern Jazz und Shimmy tanzen wollten.

Zuletzt hatte er den ganzseitigen, eng gedruckten, überaus spannenden Reisebericht eines Reporters namens Leopold Weiß aus dem Irak gelesen. Von Aleppo ausgehend, die viertägige abenteuerliche Wüstenfahrt nach Bagdad. Hätte ich das daheim gelesen, dachte er, dann mit dem Atlas auf dem Tisch, um alle die Orte zu suchen. Betroffen las er von dem ungeheuren Haß des irakischen Volks auf das britische Imperium, dem der Irak nach dem Zusammenbruch des Osmanischen Reiches zugesprochen worden war, vom Freiheitsdrang der Iraker. Am Ende gerieten die Reisenden im großen Basar in einen Aufstand. Carls Reisebericht kam ihm in den Sinn, seine *Kleinasiatische Reise*, welche H. im nächsten Heft der *Deutschen Beiträge* veröffentlichen würde. Er las noch einmal den letzten Absatz: ... *ein knatterndes Geräusch, wie wenn jemand trockene Erbsen über den Boden schüttet* ...

Er merkte, diese Lektüre hatte ihn aufgeregt. Und er beschloß, jetzt hinaufzugehen, sich wieder ein wenig hinzulegen und später, nach dem Essen, einen kurzen Spaziergang zu unternehmen, wenn es dann nicht bereits zu dunkel war. Da die Zeitung niemandem zu gehören schien, faltete er die Feuilleton-Doppelseite zusammen und steckte sie ein. In Aussee dann würde er seiner Familie von dieser Reportage erzählen. Seine Frau hatte immer wieder einmal gesagt, wenn er von gelesenen Reiseberichten erzähle, könne sie sich die fremden Länder besser vorstellen, als wenn jemand, der dort gewesen war, davon berichtete.

WELCHE TAGESZEIT haben wir? Nachmittag wahrscheinlich. So wie jetzt das Licht beim offenen Fenster hereinflutete, das gab es eigentlich nur in Aussee. Hatte jemand geklopft? Wo war die Tür?

»Einen Moment!«

Er setzte sich auf, sah an sich hinunter, das zerknitterte Nachthemd. Wieder der Schwindel. Egal, es würde ohnehin bloß die Kreszenz oder die Vroni sein. Er erinnerte sich an ein Gespräch vor vielen Jahren in Paris – war es mit dem Paul Zifferer? Wie sie über das siebzehnte und achtzehnte Jahrhundert gesprochen hatten, daß der hohe Adel nicht nur vor den Dienstboten kein Sichgenieren kannte, sondern auch Freunde und Bekannte durchaus im Bett empfangen wurden… Er versuchte aufzustehen. Sofort wieder der Schwindel.

»Ja, bitte!«

Ist das…? Der Doktor Krakauer.

»Verzeihen Sie viel-, vielmals! Der Portier sagte mir – übrigens sehr diskret, er weiß, daß ich Arzt bin –, daß Sie sich heute nicht wohl fühlen. Wie geht es Ihnen? Hat der Kurarzt Sie untersucht?«

»Ich hab mir etwas zuviel zugemutet«, erwiderte er, »steile Wege… Ich weiß es und hab es trotzdem getan. *Arterienverkalkung*, lieber Herr Doktor, mein Wiener Internist hat mir schon vor zwei Jahren…

Ich hab mich verirrt, gestern nachmittag, wie Ihre Baronin neulich, nicht? Manchmal kommt mir vor, die Berge und Hügel in der Fusch hätten sich verschoben, neue Wälder sind offenbar entstanden… Jedenfalls ist die Natur in Bewegung. Die Bergrutsche nehmen nun, da man die Lawinen gebändigt… Verzeihen Sie. Möchten Sie die Bücher von dem Stuhl…? Ich hatte mir vorgestellt, Sie seien längst…«

Krakauer zögerte, schaute sich in dem Zimmer um.

»Legen Sie die Sachen einfach auf den Boden und setzen Sie sich ein wenig zu mir ans Bett, wenn Sie Zeit haben. Gut sitzt man ja bekanntlich nicht auf diesen, verzeihen Sie… Thonet-Stühlen. Ich hab um einen zweiten Stuhl gebeten, einen, auf dem ich sitzen kann. Dieser da mag als Ablage dienen…Meine Zunge fühlt sich wie gelähmt an, manchmal, seit gestern… Ja, der Arzt. Doktor Seywald… Er vermutet, ich hätte einen leichten Schlaganfall erlitten… Ich freue mich jedenfalls, Sie zu sehen…«

Er dachte, der Nachttopf ist Gott sei Dank ausgeleert, also ist die Kreszenz doch hier gewesen, und er genierte sich wegen seiner zerknüllten Hose, die über dem Brett am Fußende der Bettstatt hing. Er habe, sagte er, und fuhr sich mit beiden Händen durchs schüttere Haar, vor zwei Jahren schon einmal so einen kleinen Anfall gehabt. Er wolle diesen Tag einfach im Bett bleiben, morgen werde er hoffentlich wieder aufstehen können. Er deutete noch einmal zum Stuhl hin.

»Ja, ich habe nur einen Moment Zeit, es ist beinahe alles eingeladen. Aber ich konnte doch nicht einsteigen und losfahren, ohne mich von Ihnen zu verabschieden. Der Portier wußte bloß, daß Sie nach dem Arzt verlangt haben.«

Das Packerl auf dem Tisch – hatte die Kreszenz ihm die heutige Post hingelegt? Er überlegte, ob er noch einmal versuchen sollte, sich langsam aufzurichten. Auf dem Nachtkästchen die Tabletten, Taschentücher. Auf dem Tisch ein Teller mit zwei Äpfeln und einem Messer und die *Timon*-Mappe. Ein paar Mal hatte er in der Früh die gelungenen drei Seiten gelesen, den Bacchis-Dialog. Daraus etwas zu entwickeln mußte doch möglich sein ...

»Schon merkwürdig, Herr Doktor, da ist mir heute morgen, als mir schwindlig wurde, sobald ich aus dem Bett steigen wollte, mein Vater eingefallen. Hier in Bad Fusch, vor vielen Jahren, ich war ungefähr zwanzig. Mein Vater ist damals ein paar Tage nach unserer Ankunft – wir haben ja seit meiner Kindheit jedes Jahr wenigstens drei Wochen im Juli hier heroben verbracht, hauptsächlich, weil die Seehöhe, das Klima und die Heilwässer meiner Mutter sehr gut getan haben... Mein Vater also ist erkrankt, verbrachte zwei Tage im Bett, und ich war sehr erschrocken: Die Mutter war oft einmal unpäßlich, aber nicht mein Vater. Er wird damals ungefähr so alt gewesen sein wie ich jetzt, um die fünfzig. Immer wieder einmal bin ich zur Zimmertür der Eltern gegangen, hab ein Ohr an die Tür gedrückt, gelauscht, ob ich etwas höre... Am dritten Tag ist mein Vater aufgestanden. Er hatte es abgelehnt, daß der Arzt aus Zell am See geholt wird, hat darauf bestanden, eine kleine Tour zu unternehmen...«

»Auch Sie werden wieder gesund, glauben Sie mir. Es gibt heutzutage sehr gute gefäßerweiternde Mittel. Wie ich neulich schon sagte, Sie müssen versprechen, sich im *Allgemeinen Krankenhaus* untersuchen zu lassen, sobald Sie wieder in Wien sind... Kann ich Ihnen noch etwas bringen lassen?«

H. richtete sich auf, stopfte die beiden Polster zurecht.

»Leider bin ich schon sehr im Verzug, werde erwartet, aber es ist mir jetzt egal, was die Baronin sagt. Wenn alles gut verläuft, sind wir morgen in Fratres, und ich werde mich viel freier fühlen. Und werde mir überlegen, wie mein Leben weiter verlaufen soll. Sie sehen so blaß aus, und ich kann jetzt leider im Moment gar nichts tun für Sie... Mit dem Rauchen sollten Sie sich sehr zurückhalten.«

Aber ich rauche ja gar nicht, dachte er und winkte Krakauer verabschiedend zu. Wieder versuchte er, sich im Bett aufzusetzen, und mit Genugtuung konstatierte er, daß der Schwindel kaum noch zu spüren war. Und fragte sich, ob es wahr sei, daß die guten Ärzte heilsame Wellen aussandten.

»Ich bräuchte *Another Go*... Sie erinnern sich vielleicht? Mein Sohn hat das Wort irgendwo... Ich bräuchte viele Jahre, um mancherlei noch zu Ende zu bringen. So vieles, was ich angefangen habe, schien verheißungsvoll und war schließlich nicht lebensfähig.«

»Aber Sie haben doch so vieles geschaffen.«

»Ich weiß nicht mehr, welcher Autor aus dem vorigen Jahrhundert gesagt hat, er habe fünfzig Jahre lang in Irrtümern gelebt, weitere Jahre in Unsicherheit und Angst, und erst spät habe er angefangen zu verstehen, was man tun kann und was man lassen soll. Das bringt mich auf meinen *Tizian*, den ich kürzlich in der neuen Werkausgabe nach so vielen Jahren wieder gelesen habe. Der große Tizian, neunundneunzigjährig, sagt in meinem Stück, daß alle seine alten Arbeiten Stümpereien seien, erst jetzt habe er Gewißheit erlangt. Er malt bis zu seiner Sterbestunde an seinem *Pan*, den er verschleiert darstellt. Erst am Ende hört er auf, ein Stümper zu sein. Damals, mit achtzehn Jahren, habe ich den Tizian umgeben mit jungen Schülern und jungen Verehrern, als hätte ich geahnt, wie ich selber im

Alter niemanden... Aber entschuldigen Sie, bitte, lassen Sie sich nicht aufhalten.«

»Es tut mir so leid, wie gerne würde ich Ihnen jetzt zuhören!«

IM FLIEGENPALAST waren alle Fenster der Glasfront geöffnet. Er erinnerte sich, wie seine Mutter damals vor so vielen Jahren in dem ganz ähnlichen, nur viel kleineren, terrassenartigen Wintergarten ihres Hotels immer wieder über die vielen Fliegen geklagt hatte; wo die, und dazu manchmal auch die Wespen, bloß alle herkämen... Übrigens hatte man sich auch im *Parkhotel* in Lenzerheide der Fliegen nicht erwehren können; der Carl hatte wegen der Fliegen auf dem Tisch einige Male beinah hysterisch reagiert.

Noch immer bedauerte er, daß der ohnehin verspätete Carl an jenem Tag in Lenzerheide nicht noch später zum Frühstück erschienen war, sondern gerade in dem Moment, als er die Seite aus der Zeitung unauffällig herausreißen hatte wollen. Was gäbe er jetzt für diese Feuilletonseite mit dem Prosagedicht des Robert Walser! Ich bin immer noch nicht Herr meiner selbst, dachte er. Walser war ihm als ein unverschämter Kerl vorgekommen, damals – vor wie vielen Jahren? –, bei einem

Empfang im Hause des Verlegers Samuel Fischer in Berlin. Plötzlich war Walser, offensichtlich ein wenig betrunken, auf ihn zugekommen und hatte gerufen: »Können Sie eigentlich nie vergessen, daß Sie berühmt sind?« Zuvor, als H. sich gerade mit der Frau seines Verlegers unterhielt, hatte diese, während Walser mit einem leeren Glas in Bergschuhen vorbeiging, erzählt, was Walser über Rilke gesagt hatte: Seine Bücher gehörten auf die Nachttische alter Jungfern. Das hatte ihn zuerst amüsiert, aber dann hatte er gehofft, Walser würde sich nicht in gleicher Weise über seine Bücher äußern, und war in das Nebenzimmer gegangen, um seinen Verleger zu suchen. Es war ihm wieder eingefallen, was er Fischer wegen der geplanten Ausgabe der Prosaschriften noch hatte sagen wollen. Er dachte, vor Jahren habe ich den Walser auf eine Liste der Beiträger für meine Zeitschrift *Morgen* gesetzt, aber Borchardt, der Mitherausgeber, hatte opponiert: Er habe den neuen Roman *Geschwister Tanner* gelesen, dieser habe ihm nur peinliche Stunden gemacht, hatte der Rudolf ihm geschrieben.

Der mittägliche Gurkensalat kam ihm immer wieder die Speiseröhre hoch.

Mittlerweile waren alle Tische und Stühle belegt, auf jedem Tisch Sachertorten oder Apfelstrudel – es war ja kein Wunder, daß es von Insekten wimmelte. Endlich war es in der Fusch Hochsommer geworden, dachte er, jetzt, wo die Abreise bevorstand. Er saß am Rand der verglasten Terrasse, ein besserer Platz war nicht mehr frei gewesen. Rechterhand konnte er durch die Verglasung hinunterschauen auf das Bachbett des Weixelbaches, der zur Zeit so ruhig dahinfloß, daß er gar nicht zu hören war.

Eine Bemerkung Eckermanns in seinen *Gesprächen mit Goethe*, die H. in der Nacht, als er nicht schlafen konnte, eingefallen war, beschäftigte ihn wieder. Es war ihm klar geworden, daß es ihm derzeit einfach nicht gelang, sich auf einen belebten Platz im Athen des dritten Jahrhunderts zu versetzen: Goethe habe erzählt, so Eckermann, er habe als junger Mann von zweiundzwanzig Jahren das Theaterstück *Götz von Berlichingen* geschrieben und habe doch von den Verhältnissen und Geschehnissen nichts selber erlebt. Er müsse also durch *Antizipation* in die Lage versetzt worden sein, diese Welt wahrhaftig darzustellen, zum Leben zu erwecken.

Es war in den neunziger Jahren gewesen, daß er seinem Vater zu Hause in Wien diese Passage aus Eckermanns Gesprächen mit Goethe vorgelesen hatte – nachdem der Vater einige Tage davor mitten im Lesen des ersten Aktes von *Ascanio und Gioconda* ausgerufen hatte: »Woher hast du denn das alles, das ist mir ja beinah unheimlich.« Auch Goethe, hatte er seinem Vater darauf geantwortet, hat ja nicht im sechzehnten Jahrhundert gelebt.

Ich hab, dachte er, damals Novellen von Bandello gelesen; und manch anderes, und nicht zu vergessen, daß ich zeitweise fast täglich im *Kunsthistorischen Museum* vor den Bildern Tizians und Giorgiones gestanden bin – aber trotzdem muß wohl auch eine Art von Antizipation mit im Spiel gewesen sein. Die Figur der Gioconda war eng verflochten mit der Marie von Gomperz, das hatte er dem Vater nicht sagen können ... Oft hatte er tatsächlich den Eindruck gehabt, die Marie komme aus einem anderen Jahrhundert. Aber schon der *Tod des Tizian*, vor *Ascanio und Gioconda* entstanden, vor der Bekanntschaft mit der Marie, spielte ja in einer Renaissance-Epoche. Sein Vater hatte nicht verstanden, wie er sich in einen uralten Maler hineindenken und hineinfühlen hatte können ...

Das Herumgesirre und Gesumme der vielen Fliegen war tatsächlich lästig. Er setzte seine Brille auf und versuchte unauffällig zu dem Herrn hinüberzuschauen, der vorhin eingetreten war und ihn anzustarren schien. Mit der Brille konnte er noch weniger sagen, ob der Mann ihm bekannt war. Dieser stellte sich dem Ober in den Weg, der mit einem voll beladenen Tablett an ihm vorbeieilen wollte, sagte ihm etwas. Jetzt setzte der Mann sich in Bewegung, kam auf ihn zu. H. spürte, wie sein Herz sich verkrampfte. Der Rudolf Borchardt? Verrückte Idee, dachte er sogleich, aber das hatte ich mir doch schon vor ein paar Tagen eingebildet ... Werde ich jetzt endgültig senil?

Andererseits, das schmale, dunkelhäutige Gesicht, der Schnurrbart, der steife Gang eines Offiziers? Ich hätte gar nichts dagegen, dachte er, mich mit dem Rudolf zu versöhnen. Der Besuch bei Borchardt, vor dem Krieg, in seiner wunderschönen Villa auf dem Land, in der Nähe von Lucca, auf einem Hang errichtet, umgeben von Olivenbäumen, pickenden Hühnern und Truthähnen vor dem Haus, hinter dem Haus eine Quelle mit wunderbarem Wasser... Neunzehnhundertzwölf war es gewesen, im Jahr der *Ariadne*. Aufregende, anregende Gespräche den ganzen Tag über, bis tief in die Nacht... Wie sie beide beim Abschied gleichzeitig sich einander offenbart hatten: Mit dieser Begegnung sei ihre Freundschaft neu erstanden... Vergessen war, was der Verleger Willy Wiegand ihm einmal spätnachts erzählt hatte: daß der Borchardt nicht nur Freundliches über ihn sage; in einer späten Runde in Berlin habe er einmal gemeint: »Hofmannsthal? Ach ja, ein rastloser literarischer Weltmann, immer auf Wirkung aus; nie verlegen, um zu solcher Wirkung zu gelangen...« Genug. Alles, alles wurde aufgewogen allein durch jenen langen Brief, in dem der Rudolf über die *Ariadne* ihm einiges geschrieben hatte... Wer in Deutschland – gar in Österreich –, hatte H. gedacht, beinah mit einer Art von Neid – aber doch mit dem guten Neid, *envidia sana*, wie die Spanier sagen –, wer wäre denn fähig, so über ein dichterisches Gebilde zu schreiben?

Das Gesicht des Mannes war im Näherkommen auf einmal eher rundlich; jetzt schaute er an H.

vorbei, schritt mit genagelten Schuhen, den Hut in der Hand, an ihm vorüber.

ALS DER Vater damals in der Fusch zwei Tage krank gelegen war... Es war sein Maturajahr, erinnerte er sich. Es ging ihm nicht aus dem Kopf, daß er nun auch dieses Alter erreicht hatte, die Fünfzig, und daß sich der Vater im Vergleich zu ihm physisch anscheinend in einem viel besseren Zustand befunden hatte... Die vorübergehende Herzschwäche war wohl bloß eine Folge der Überarbeitung gewesen.

Es fiel ihm ein, wie übermütig der Papa damals, auf dem Rückweg von einer Bergwanderung, die Treppen zur Kirche hinunter beinah gesprungen war, so daß die Mama ihm ängstlich hinterhergerufen hatte. Woran hab ich, versuchte er sich zu erinnern, damals gearbeitet? Den *Tizian* abgebrochen, unterbrechen müssen wegen des Büffelns für die Matura, und dann nicht mehr hineingekommen in diese intimen Dialoge... *Ascanio und Gioconda* in jenem Sommer angefangen.

Die Marie von Gomperz... In jenem Sommer während eines Besuchs in Aussee hatte er ihre Tante, die Frau von Wertheimstein kennengelernt, was er sich schon lange so sehr gewünscht hatte.

Wie hatte Hermann Bahr ihm einmal bei einem Spaziergang auf dem Kapuzinerberg in Salzburg gesagt: Im Leben erreiche man alles, was man sich wünsche, aber zu spät, dann, wenn es einen nicht mehr freut… Für den Bahr mochte das zutreffend gewesen sein, aber ich, dachte er, könnte nicht sagen, daß Dinge, die ich mir in jungen Jahren erträumt habe, später im Leben… Einiges schon. Und was könnte ich denn noch hoffen? Und bin ich nicht in sehr jungen Jahren verwöhnt gewesen, sind meine lyrischen Arbeiten nicht im ganzen deutschsprachigen Raum gerühmt worden? Hab ich mir nicht einen Namen gemacht, ohne eigentlich zu begreifen, wie es dazu kam? Und käme es jetzt nicht darauf an, den Anfang mit dem Ende zu verbinden… Aber wie sollte es dazu kommen? War etwa der Weg zum Theaterautor von Anfang an ein Irrweg gewesen? Priesen nicht sogar meine Freunde mehr meine essayistischen Arbeiten als meine Theaterstücke, den *Rosenkavalier* einmal ausgenommen? Auch der Germanist Josef Nadler, erinnerte er sich, hatte nur die Prosaarbeiten gewürdigt; einmal hatte er Nadler sogar geschrieben und ihn gebeten, sich doch einmal seinen lyrischen Bühnenarbeiten zu widmen.

Es fiel ihm ein, daß Krakauer diesmal nicht eingegangen war auf seinen Wunsch nach *Another Go*. Was hatte dies zu bedeuten? War seine Krankheit tatsächlich unheilbar?

Was soll das eigentlich alles? dachte er. Warum

kann ich nicht zu Hause in Rodaun sein, auf meinem Sofa im Arbeitszimmer oder im Schlafzimmer, mich von der Gerty pflegen lassen? Es schien ihm, er sei so unendlich weit von seinem Zuhause entfernt, daß es höchst fraglich war, ob er je wieder dorthin zurückkehren konnte.

LIEBER CARL, *mein plötzliches Weggehen tut mir um Ihretwegen nachträglich leid, aber wer, wenn nicht ein Freund, versteht alles. Meine Gespräche mit Ihnen gehen ja weiter, auch ohne Ihre Anwesenheit und ohne ein Briefpapier... Auch der* Timon *beschäftigt wieder meine Gedanken: Ich muß mir eine Abschiedsrede des Gesandten ausdenken, eine Rede an das Schöne, bevor er sich dem Tode opfert... Aber vielleicht wird er ja von dem fremden Sklaven in letzter Minute gerettet... Das frühere* Weilguni-*Hotel heißt jetzt* Grandhotel. *Auf der Terrasse unterhalten die Leute sich über den Dawes-Plan oder über den eingeschränkten Grenzverkehr mit Deutschland...*

Er erinnerte sich, daß ihm tags zuvor, als er im Wintergarten Kaffee getrunken hatte, eingefallen war, man könnte auf dieser Bühne hier ohne weiteres ein *Großes Welttheater* aufführen; alle nötigen Figuren waren vorhanden, außer einem König und einem Bettler halt – und den beiden Engeln. Was uns aus dem Labyrinth herausführt, dachte er, ist ja doch die Sprache. Alles, war ihm in seinen jungen Jahren klar geworden, hängt daran, daß wir den wahren Sinn der Wörter immer wieder neu bedenken. Vielleicht wäre es eine Wohltat, in unheilvollen Zeiten wie diesen, in denen die Sprache zur bloßen Konvention herabgewürdigt ist, eine Zeitlang zu schweigen, so wie ich es in dem Brief des Lord Chandos darzustellen versucht habe. Keiner meiner Freunde hat und auch ich selber habe lange nicht verstanden, daß ich damit meine eigene Zukunft antizipierte. Aber anders als der Lord Chandos habe ich versagt, habe die Konsequenzen nicht tragen wollen, den Verzicht auf literarische Betätigung... Freilich habe ich zuerst einen Ausweg aus der Misere gesucht, habe mich eine Zeitlang der Tanzkunst, der Pantomime zugewandt, habe Libretti für die Tänzerin Grete Wiesenthal geschrieben. Es waren halt auch wieder Worte... Aber ich habe ja, mit meiner Familie im Hintergrund, nicht anfangen können zu *tanzen*...

Endlich hatte er die Stelle im *Tod des Tizian* gefunden, die ihm im Kopf herumgegangen war. Der greise Künstler, im Krankenbett, will einige seiner alten Bilder noch einmal sehen:

> *Er sagt, er muß sie sehen...*
> *Die alten, die erbärmlichen, die bleichen,*
> *Mit seinem neuen, das er malt, vergleichen...*
> *Sehr schwere Dinge seien ihm jetzt klar,*

Es komme ihm ein unerhört Verstehen,
Daß er bis jetzt ein matter Stümper war...

Sehr gern, dachte er, würde ich jetzt wissen, wie ich damals, mit achtzehn, auf solche Sätze gekommen bin.
Mit seinem neuen, das er malt, vergleichen...

ZUM DRITTEN Mal hörte er das Hupen eines Automobils. Er setzte sich im Bett auf. Noch einmal die Huperei. Er öffnete das Fenster, wobei sich ein langes Stück Fensterkitt löste und in den Hof hinunterfiel. Zwei Automobile standen drunten, hintereinander, in Richtung Ausfahrt. Der erste Wagen verließ gerade das Gelände, fuhr langsam, mit heftig qualmendem Auspuff, über die Brücke, hinunter nach Fusch, nach Bruck, in die Welt... Eine Person im Fond hielt ein weißes Tüchlein in die Höhe und winkte. Jetzt erst bemerkte er auf der Fahrerseite des zweiten Wagens, dessen Motor noch nicht angeworfen war, einen in Ledersachen Vermummten, der zu ihm heraufschaute. Jetzt winkte der sogar. Aber wer drückte inzwischen erneut die Hupe? War es Krakauer, der ihm, endlich abreisefertig, noch etwas zurufen wollte? Wäre ich doch auch schon soweit, wünschte er sich.

Andererseits freute er sich auf einen Spaziergang, der Barometerstand hätte derzeit nicht besser sein können. Er lehnte sich etwas hinaus, winkte zurück. Und nahm die Brille ab. Aber er konnte nicht erkennen, um wen es sich handelte.

Jetzt hörte er aus einem Fenster auf seiner Höhe eine unangenehm laute Frauenstimme:

»Ja, ja, Herrgott noch einmal, ich komm ja schon!«

Rasch zog er sich zurück. Wie dumm von mir, dachte er. Es ist nichts.

Eduard von Keyserling im dtv

»Eduard von Keyserling ist einer der besten Psychologen, den ich in der Jahrhundertwende-Literatur erlebt habe.«
Hellmuth Karasek im Literarischen Quartett

Wellen
Roman
ISBN 978-3-423-**12550**-5

Ein Sommer-Roman, in dessen Mittelpunkt die schöne Gräfin Doralice steht. In der Enge der Idylle zwischen Meer und Dünen entsteht bald ein schicksalhaftes Beziehungsgeflecht, voller Erotik und Dramatik. »Ein ganz und gar sinnliches Buch, eine schöne Liebesgeschichte.« Marcel Reich-Ranicki

Schwüle Tage
Novelle
ISBN 978-3-423-**12551**-2

Bill Graf von Fernow hat das Abitur nicht bestanden und muß zur Strafe seine Ferien mit dem Vater auf dem ländlichen Stammsitz verbringen. Sein einziger Trost ist die Aussicht auf ein Liebesabenteuer. Und es wird tatsächlich ein heißer Sommer – jedoch ganz anders als Bill es erwartet.

Fürstinnen
Roman
ISBN 978-3-423-**13312**-8

Vier Fürstinnen, eine Mutter und ihre drei Töchter, stehen im Vordergrund dieses Romans. Gleich einem impressionistischen Maler schildert der »baltische Fontane« eine versunkene Zeit, in der die jüngste Tochter versucht, den Schritt in eine schwierige Zukunft zu wagen.

Dumala
Roman
ISBN 978-3-423-**13821**-5

Der Pastor von Dumala könnte sich eigentlich glücklich schätzen: Er ist wohlgestalt, hält beeindruckende Predigten und wird von seiner Frau angebetet. Doch er ist nur einer von drei Männern, die um die Gunst der Baronin Karola buhlen. Eine hochexplosive Spannung entwickelt sich.

Bitte besuchen Sie uns im Internet: www.dtv.de

Heimito von Doderer im dtv

»Hier ist, wie in einem gewaltigen Spiegel, die letzte mürbe Reife einer jahrhundertealten Kultur eingefangen.«
Hilde Spiel

Die Strudlhofstiege oder Melzer und die Tiefe der Jahre
Roman

ISBN 978-3-423-01254-6

Ein epochaler Großstadtroman, das »non plus ultra österreichischer Lebenshaltung« (Hilde Spiel), ein großes Zeitgemälde über die Jahre knapp vor und nach dem Ende des Ersten Weltkriegs.

Ein Mord den jeder begeht
Roman

ISBN 978-3-423-10083-0

Lebensroman eines jungen Mannes, der in den Wirren eines ungewöhnlichen Schicksals schließlich zur Wahrheit und zu sich selbst findet.

Die Dämonen
Nach der Chronik des Sektionsrates Geyrenhoff
Roman

ISBN 978-3-423-10476-0

Ein schillerndes Gesellschaftsepos aus dem Wien der zwanziger Jahre.

Die Merowinger oder Die totale Familie

ISBN 978-3-423-11308-3

Childerich von Bartenbruch, Majoratsherr aus Mittelfranken, hält sich nicht nur für einen Nachfahren der Merowinger, sondern verfolgt auch hartnäckig die Realisierung seiner Idee von der totalen Familie.

Die Wasserfälle von Slunj
Roman

ISBN 978-3-423-11411-0

Österreich um die Jahrhundertwende, die Atmosphäre Wiens und der Donaumonarchie in dichtester Fülle: Doderers letzter vollendeter Roman.

Tangenten
Aus dem Tagebuch eines Schriftstellers. 1940–1950

ISBN 978-3-423-12014-2

Der Weg zur ›Strudlhofstiege‹ – ein Kriegs- und Nachkriegstagebuch.

Bitte besuchen Sie uns im Internet: www.dtv.de